小学館文庫

春風同心十手日記〈二〉

黒い染み

佐々木裕一

小学館

目次

第一章　黒い染み　9
第二章　大川の骸　48
第三章　人相書きの男　101
第四章　悪の連鎖　152
第五章　醜い性根　212

主な登場人物

夏木《なつき》慎吾《しんご》……江戸北町奉行所定町廻り同心。天真一刀流免許皆伝。
父親は榊原主計頭だが、正室の子ではないため、母の実家夏木家で
育ち、祖父の跡を継いで同心になった。
明るい性格。正義感にあふれ、町中で起きる事件に立ち向かう。

榊原《さかきばら》主計頭《かずえのかみ》忠之《ただゆき》……江戸北町奉行。
慎吾の存在が妻にばれることを恐れ、真実を知る娘の望みを聞く。

久代《ひさよ》……忠之の妻。今のところ穏やか。

静香《しずか》……忠之の長女。明るい性格で、慎吾のことを兄として慕っている。

作彦《さくひこ》……夏木家の中間。忠臣で、慎吾のためならなんでもする。

五六蔵《ごろぞう》……深川永代寺門前仲町の岡っ引き。慎吾の祖父に恩がある。
若い頃のことは今のところ謎。
千鶴《ちづる》……五六蔵の恋女房で、旅籠「浜屋」を切り回している元辰巳芸者。
五六蔵に金の心配をさせず、下っ引きも養っている。
松次郎《まつじろう》……浜屋住み込みの下っ引き。伝吉の兄貴分。
伝吉《でんきち》……浜屋住み込みの下っ引き。足が速い。
又介《またすけ》……下っ引き。浜屋で楊枝を作る。女房のおけいと大店を持つのが夢。
田所《たどころ》 兵吾之介《ひょうごのすけ》……江戸北町奉行所筆頭同心。
慎吾と忠之が親子であることを知る数少ない人物。
国元華山《くにもとかざん》……霊岸島川口町に診療所を構える二代目町医者。
勤勉で、人体の秘密を知るため腑分けをする。

春風同心十手日記〈二〉　黒い染み

第一章　黒い染み

一

「お百合《ゆり》、喜んでおくれ。おとっつぁんがね、夫婦《めおと》になることを許してくれたよ。暖かくなったら、祝言を挙げよう」

「清太郎《せいたろう》さん……」

「お百合」

大川の川岸にいる若い男女は、人目もはばからず手をにぎり合った。幼なじみの二人は、いつしか互いのことを想《おも》うようになっていたのだ。

長年待ち続けた言葉を聞いたお百合は、目を潤ませている。

紙問屋、三徳屋《みとくや》庄兵衛《しょうべえ》の娘お百合は、十八歳になった頃から引く手あまたの縁談話が持ち上がったのだが、清太郎への想いが揺らぐことはなく、かたくなに断り続けた。ゆえに、この正月で二十三歳になった今では、薹《とう》が立ってしまったね、などと言われ、縁談の話も少なくなっていた。

もたもたしている清太郎のせいなのだが、お百合は黙って、今日という日がくるのを待っていたのだ。

油問屋、西原屋《にしはらや》四八郎《しはちろう》の跡取り息子である清太郎が、お百合のことを父親に打ち明けたきっかけは、さる大店《おおだな》の娘との縁談が舞い込んだからだ。

良縁に父親が前向きなため焦った清太郎が、

「お百合ちゃんと、夫婦になりたいのです」

震える手を押さえながら打ち明けた。

「お前、ようやく言ったね。もう二十五なんだし、お百合ちゃんだっていい歳《とし》なんだから、急ぎなさい。先方の親には……」

「その前に、お百合ちゃんに言いたいのだけど」

清太郎とお百合のことを薄々感づいていた四八郎は、満足そうに笑い、二つ返事で許していた。それは、つい先ほどのことだ。

清太郎は、父親との話を包み隠さずお百合に教え、嬉《うれ》しくて家を飛び出してきたんだ、と言って笑った。

突然店に駆け込んできて外へ誘ったのは、そういうわけだったのだとわかったお百合は、いてもたってもいられなくなった清太郎の気持ちが嬉しかった。

二人で笑っていると、清太郎がふと、不安そうな面持《おもも》ちをした。

「どうしたの？」

お百合が気にすると、清太郎は苦笑いをする。

「お百合のおとっつぁんは、許してくれるだろうか」

手を強くにぎる清太郎に、お百合は優しく微笑《ほほえ》む。

「弟が嫁をもらうまでには嫁に行けって、毎日うるさいんだもの、清太郎さんのところに行くと言ったら、泣いて喜ぶわよ」

「ほんとうかい」

お百合はうなずく。

「だって、弟はまだ八歳よ。それなのに嫁入りを急がせるのは、焦っている証拠だもの」

「待たせて悪かった。二人で幸せになろう」

「うん」

お百合は清太郎と身を寄せ合い、大川を眺めた。こうしているだけで幸せいっぱいで、夢ならさめないでほしいと思う。

親子を乗せた猪牙舟《ちょきぶね》が、川面《かわも》を滑ってきた。男児が、身を寄せ合う二人に気付き、指差した。母親が慌てて、息子の顔を袖で隠している。咎《とが》める目を向けるかと思いきや、母親は舟を漕《こ》ぐ男に何か言い、二人でこちらを見て微笑んでいる。

お百合が離れると、清太郎が向き合って言う。

「おとっつぁんがね、お百合が嫁に来てくれたら、わたしに店をまかせると言ってくれたんだ。しっかり者の嫁が来てくれたら、安心して隠居できると言ってね」

お百合は戸惑った。しっかり者と言われたのは初めてだし、四八郎に、そんなふうに見られていたとは思いもしなかったからだ。

「あたしなんて、何もできないわ」

「そう思ってるのはお百合だけさ」

お百合は首を振った。

清太郎が手を取り、あっちへ行こうと誘った。

川のほとりにある平らな岩の上に並んで座ると、肩を寄せ合って、あかね色に輝く川面を眺めた。

「寒くないかい」

お百合はうなずき、清太郎のほうこそ寒そうだと言って、赤い肩掛けを分け合って温まった。

お百合は、早く暖かくならないかしら、と、胸の中でつぶやき、清太郎と共に歩む人生に胸を膨らませた。

「子供は、たくさんほしいな」

お百合は、清太郎の横顔に微笑む。

目を合わせて、照れ笑いをした清太郎は、白髪になってもこうして、二人で並んで川を眺めたいと、嬉しそうに言う。

お百合は、気が早いと言って笑ったけれど、そう言ってくれる清太郎と夫婦になれることが嬉しくて、胸が一杯になった。

時が経《た》つのも忘れて話しているうちに、川風が冷たくなってきた。

清太郎は空を見上げて、暗くならないうちに帰ろうという。

お百合は、真っ暗になってもかまわないと思ったが、清太郎は、庄兵衛さんに心配をかけるから、と言い、先に立ち上がった。

差し伸べられた手に、お百合はしぶしぶ応じた。

「もっと、話したかったのに」

「また明日も会えるだろう」

「会えるの？」

「もちろんさ。庄兵衛さんには、改めてあいさつをするから、まだ言わないでおくれ」

「はい」

手を繋《つな》いで、石段の上を見たお百合は、はっとした。

「どうしたんだい」

すぐに気付いた清太郎が、石段の上に目を向ける。すると、柳の下に潜んでお百合を見ていた町人風の男が、さっと背を返して立ち去った。

「今のは、誰だい」

お百合は、首を振った。

「知らない人。でも、近頃よく見るようになって、見張られている気がして怖いの」

「付きまといかい？」

「わからない」

清太郎は石段を駆け上がった。

お百合が後を追うと、清太郎は腹立たしそうな面持ちで、男が去ったほうを見ている。

大川に面した通りは大小の店が軒を並べていて、人通りが多い。

清太郎は、男を捜してあたりを見回している。

お百合も捜した。家路を急ぐ人が行き交い、頭にある男はどこにもいない。

清太郎が手をにぎり、お百合は従って歩む。

酒屋の前を通りがかった時、客の男が笑いながら出てきた。外を見ていない男にぶつかったお百合は、振り向いて頭を下げた。

「ごめんなさい」

中年の男は驚いた顔を向けて、自分が悪かったとあやまり、片手で拝むようにして去っていく。見送ったお百合の目に、あの男がとまった。三味線屋の角にある火の見櫓《やぐら》の下に、手ぬぐいで頰被《ほおかぶ》りをした男がいる。睨《にら》むように、じっとこちらを見ている。

「あいつか」

怖くて立ちすくんでいると、気付いた清太郎が言った。

答える前に、清太郎は声をかけようと歩んでいく。

すると男は、顔をうつむけて人混《ひとご》みの中に紛れた。

清太郎は追って行くも、見失ったようだ。

後を追ったお百合は、あきらめず捜している清太郎の手を引いて止めた。

「もう帰りましょ」

「きっと付きまといだよ。番屋には届けたのかい」

お百合はうなずいた。

「相談したけど、気のせいだろうと言って、本気にしてくれないの」

「町役人らしいな。思いきって、奉行所に訴えてみようか」

「番頭さんもそう言ったのだけど、おとっつぁんは、気をつけていさえすればいいから、おおごとにするなって。だからいいのよ」

清太郎は不服そうな顔をした。

「いいもんか。庄兵衛さんは、呑気《のんき》だなあ」

「違うの。騒いで相手を怒らせたら、何をしてくるかわからないからって、おとっつぁんは言うのよ」

「でも、このままじゃ心配だよ。これからは、一人で外に出ないほうがいい」

「うん。そうするわ」

「送っていくよ」

清太郎はお百合を引き寄せ、男がどこかで見ていやしないか気にしながら、通りを歩んだ。

守ってくれる清太郎の顔を見たお百合は、不安だった気持ちが安らぎ、そっと、肩に頬を寄せた。

二

「清太郎、まさかお前、お百合ちゃんに色好《よ》い返事をもらえなかったのか」

四八郎に問われて、清太郎は箸が止まっていることに気付いて顔を上げた。

四八郎がじっと見ている。

「どうした。浮かない顔をして」

「ごめんなさい。味が薄かったかしら」

継母のおたみが、心配そうな顔で言うものだから、清太郎は慌てた。

鰤《ぶり》大根に箸を伸ばして食べ、旨《うま》いと言って微笑むと、おたみは安堵《あんど》した笑みを浮かべ、調《ととの》えた膳に手をかけた。

「次郎《じろう》をまた部屋で食べさせるのか。ここで食べさせればいいじゃないか」

不機嫌に言う四八郎に、おたみは遠慮がちな笑みを浮かべ、座りなおした。

「声をかけたのですが、部屋に運んでくれと言うものですから」

「お前が甘やかすからだ」

「おとっつぁん、次郎の好きにさせてやってください」

四八郎は不機嫌をなおさず、清太郎に顔を向けた。

「そんなことよりお前のことだ。いったいどうして、暗い顔をしているんだ」

そんなこと、と流す父の言葉に、清太郎はちらりとおたみを見た。おたみは一点を見つめて、唇に作った笑みを浮かべている。

見ていることに気付いたおたみと目が合わぬよう下を向いた清太郎は、父親に言う。

「お百合ちゃん、誰かに付きまとわれているようなんです。怖がっていたから、そのことが気になって、考えごとをしていました」

四八郎とおたみが驚いた顔をした。

四八郎が言う。

「相手はわかっているのか」

「わかっていないようです。わたしもこの目で見ましたが、頬被りをしていましたし、夕暮れ時で顔はよく見えませんでした」

「庄兵衛さんは、番屋には届けているのか」

「相手にしてもらえなかったそうです」

「そうか、お百合ちゃんは誰もが認める器量好しだから、心配だな」

四八郎は、どうしたものかと言い、腕組みをした。おたみはそっと離れ、次郎に食事を運んでいった。

目で追っていた四八郎が、清太郎に言う。

「あれの兄は、このあたりじゃ裏のことに通じているから、用心棒を頼んでみるか」

清太郎は慌てた。

「それはだめです。半分やくざのような人を頼るのは店にとってもよくないし、庄兵衛さんだって、人相の悪い人がうろうろしたら、迷惑だと思いますから」

「それもそうか。しかし、どうしたものか」

親子の会話を廊下で聞いていたおたみは、悲しい目をして、次郎の部屋に向かった。

清太郎は、鰤大根をおいしく食べ、戻ったおたみに、ご飯のおかわりを頼んだ。よそってくれたおたみに、父と決めたことを言う。

「おたみさん、次郎を借りてもいいですか」

「えっ、次郎を？」

驚くおたみに、清太郎は笑みでうなずく。

四八郎が代わって言う。

「次郎はお前の兄に似て、喧嘩《けんか》が強いだろう。日頃は周りに迷惑ばかりかけているが、こういう時に、役に立たないかと思ってね。明日から、三徳屋に行って、お百合ちゃんの用心棒をしてもらうよ。もうすぐ義理の姉になるのだし、恩を売っておけば、次郎も肩身を狭くしなくてすむ。どうだい、妙案だろう」

おたみは顔を引きつらせた。

「次郎が、なんと言いますか」

「断らせやしないさ。祝言を機に清太郎がここのあるじになるんだ。お前に代わって家のことをするお百合ちゃんを守るのは、家族として当然だろう」

おたみは驚いた。

「家のことを、お百合さんに譲るのですか」

「ああ、まだ言ってなかったな。わたしは隠居を機に、江戸を離れるつもりでいる。

次郎も連れて、親子三人で暮らそうじゃないか」

「どこに行くおつもりなのですか」

「箱根さ。もう隠宅は目星を付けて修復させている。温泉もある家だ」

おたみは焦りの色を浮かべた。

「次郎を、そんな田舎に連れて行くのですか」

「江戸では喧嘩ばかりだからね。どうせ今日も、顔に痣《あざ》を作って戻ったんだろう。血は争えないというか、まったく困った奴《やつ》だから、喧嘩相手がいない田舎に連れて行って大人しく暮らさせるしかない。まあ、しばらく田舎の風に当たれば牙も抜け落ちるだろうから、本人にやる気があるなら、箱根で商売をさせてやるつもりだ」

「もう江戸には、帰らせないおつもりですか」

「江戸には清太郎がいる。兄弟で商売敵《がたき》になるのはよくないからね。それに、箱根はいいところだ。お前もきっと気に入るよ。いい折だから、次郎に話そう。呼んできなさい」

「いいえ、次郎にはわたしから言っておきます」

「そうかい。じゃあ頼んだよ。用心棒は明日からだ、そこを間違えないように伝えなさい。明日はわたしたちも一緒に行って、先方にあいさつをするから、そのつもりで支度をしなさい」

「はい」

四八郎に逆らわないおたみは、さっそく次郎の部屋に行こうとした。

清太郎が膝を転じて、頭を下げる。

「おたみさん、お願いします」

おたみは唇に笑みを浮かべ、部屋から出ていった。


「兄さんの役に立てるなら、三徳屋に行くよ」

次郎は快諾し、横を向いた。庭をみつめる色白の顔には、痣などない。

確かに四八郎が心配するとおり、次郎は喧嘩をする。でも、それは相手があってのこと。次郎ばかりが悪いはずはないのだが、口うるさい父親を嫌い、外に出かけた日は、共に食事をしなくなっている。

父親に気を遣うのは、自分のせいだと思っているおたみは、我が子を哀れに思い、その反面、ぬくぬくとしている清太郎を疎んだ。

黒い腹を決して表に出さぬおたみは、次郎が江戸で暖簾《のれん》分けしてもらう日を楽しみに生きてきた。それが、今日崩れたのだ。

次郎をお百合の用心棒につけるだけならまだしも、祝言がすむと江戸を離れるなんて。

ため息をつく母に、次郎が顔を向けた。

「用心棒はしたことないが、喧嘩だけは負けたことがないから平気さ。心配しなくていいよ」

「そうじゃないの……」

江戸を離れることを言えず、おたみは下を向いた。

次郎が微笑む。

「江戸を離れるのがいやなのかい」

おたみははっとした。

「お前、知ってたの」

「さっき水をもらいに行こうとした時、聞いてしまったよ」

次郎は、浮かぬ眼差《まなざ》しを下げた。

「江戸を離れたくはないが、悪いのはおれなんだから仕方ない」

「悲しくないのかい」

「悲しいものか。むしろ、おとっつぁんがおれのことを考えていてくれたのが、嬉しかったよ。いいところだとおっしゃるんだから、行ってみようじゃないか。肌に合わなきゃ、兄さんに頼んでここに戻してもらえばいいんだし」

おたみは、気が優しい次郎に言う。

「戻してなんかもらえないよ。商売敵になるって言ってたから」

次郎は一瞬暗い顔をした。

見逃さないおたみが、やっぱり離れたくないんだろう、と言おうとしたが、次郎が先に言う。

「まあ、向こうでやってみるさ」

どうすることもできないおたみは、微笑むしかなかった。

翌日、親子四人揃《そろ》って三徳屋を訪ねた清太郎は、急の訪問に驚き慌てる先方に恐縮し、客間で向き合った。

四八郎は珍しく緊張した様子で、

「庄兵衛さん、今日は、縁談のお願いに上がりました。どうかこのとおり、娘さんを清太郎の嫁にいただきたい」

そう言うと、平身低頭した。

清太郎もならって頭を下げる。

すると庄兵衛は、妻の幾代《いくよ》と安堵の笑みを交わし、四八郎に両手をつく。

「四八郎さん、これほど嬉しいことはないです。いたらぬ娘ですが、どうか、よろしくお願いします」

互いに頭を下げ、縁談が正式に決まった。

清太郎とお百合は見つめ合って微笑み、親同士の談笑がはじまる。

話を変えたのは四八郎だ。

「今日はもう一つ、お話があります。倅《せがれ》から、お百合ちゃんに付きまとう者がいると聞きましたもので、次男を連れてきました。お恥ずかしい話、そろばん勘定は苦手ですが腕っ節だけはいいものですから、用心棒に使ってやってください」

三徳屋の家族は驚いた。

庄兵衛が言う。

「四八郎さん、気持ちは嬉しいのですが、用心棒をしてもらうほどのことじゃないんです。確かに怪しい者がうろついていますが、娘に近づいてどうこうしようって様子もないですから、ご心配なく」

「庄兵衛さん、こういうのは、油断したらだめです。手を出してきた時には遅いんですから、前もって用心しておかないと」

「まあ、それはそうですが」

「倅が、お百合ちゃんが怖がっているから心配だと言いますし、遠慮をしないでください。家族になるのですから、姉を守るのは当然のこと。なあ、次郎」

父に振られて、下座に座している次郎は微笑む。

「はい。おまかせください」

「そ、そうかい」

庄兵衛は、申しわけなさそうな顔をした。

「娘を家に閉じ込めるわけにもいかず、正直心配でしたから、お言葉に甘えてお願いします」

清太郎は安堵し、次郎に顔を向ける。

「次郎、よろしく頼む」

次郎は笑みでうなずき、戸惑い気味のお百合にも、頭を下げた。

四八郎が満足げな顔を次郎に向ける。

「お百合ちゃんは、清太郎の大切な許嫁《いいなずけ》だ。いざという時は、身を挺《てい》して守るのだぞ。いいな」

「はい」

応じた次郎は何か言おうとしたが、四八郎は気にもせず庄兵衛に顔を向け、今後のことについて述べた。

付きまとう者の話は終わり、祝言のことを話す親たちの様子を、次郎は黙って見ていた。

清太郎も次郎を気にすることなく、お百合と二人で会話に加わり談笑をしている。

輪に入れぬ次郎は、幸せそうな兄のことを微笑みながら見ていた。

そんな次郎のことを、おたみは気にしていた。

目が合った次郎は、おたみにも微笑んで見せる。

我慢しているようにしか見えないおたみは、心配になった。

「なあ、お前もそう思うだろう」

急に四八郎に言われて、聞いていなかったおたみは慌てつつも、笑顔を作って相《あい》槌《づち》を打つ。そして顔を戻すと、次郎はそこにいなかった。

どこに行ったのかと思い廊下に目を向けると、次郎は男児と廊下を歩いていた。

退屈そうにしていたお百合の弟に誘われて、庭に出ようとしているのだ。

気付いた四八郎が言う。

「次郎、大事な跡取り息子に怪我《けが》をさせるんじゃないぞ」

振り向いた次郎は唇に笑みを浮かべてうなずき、弟の手を引いて庭に出ていった。

息子を乱暴者呼ばわりされた気がしたおたみは腹が立ったが、唇に同じ笑みを浮かべ、次郎のことを見ていた。

三

「次郎が、用心棒だと」

飲みかけた湯呑《ゆの》み酒の手を止めたのは、甥《おい》の顔を見に来た仙治《せんじ》だ。右の頬に傷痕が残るこの者は、おたみの実の兄。やくざの親分とまではいかないが、江戸の闇に通じた者で、法に触れることに手を染めている。

狡猾《こうかつ》そうな顔に怒気を浮かべた仙治は、次郎に対する四八郎の態度が前から気に入らないと言っているだけに、おたみは心配した。

「兄さん、怒らないで」

「怒っちゃいねえ」

「怒ってるじゃない。次郎は役に立てると喜んでいるんだから、四八郎さんが来ても、文句を言ったらだめよ。ね、お願いだから」

妹になだめられ、仙治はおもしろくなさそうに酒をがぶ飲みした。

そこへ、四八郎が来た。

縁側に腰かけていた仙治は立ち上がり、ぺこりと頭を下げる。

「どうも、おじゃまをしています」

四八郎はにこやかに言う。

「やあ仙治さん。おたみ、今三徳屋さんから使いの者が来て、次郎を褒めていたよ。お百合ちゃんはおかげで習いごとにも行けて、助かっているそうだ。清太郎も喜んでいるから、安心おし。それじゃ仙治さん、わたしは出かけるから、ゆっくりしてお行きなさい」

すこぶる機嫌がいい四八郎を、おたみは見送って戻った。

仙治は縁側に腰かけて右足を膝に乗せ、貧乏揺すりをしている。

「兄さん、お酒をどうぞ」

湯呑み酒をかえると、仙治はがぶ飲みして、

「おもしろくねえ。何が褒めていただ、次郎を見くびりやがって」

吐き捨てるように言う。

「兄さん……」

「おめえは、悔しくないのか。ええ？　だいたいな、清太郎の許嫁の用心棒をさせ

るってのが気にくわねえ。次郎は四八郎とおめえの子じゃねえか。この店の跡を継ぐもんだと思っていたが、使用人みたいなことをさせやがって」

おたみは目に涙を浮かべ、見る間に頬を伝った。

仙治は驚いたが、構わず問う。

「今日来たのはほかでもない。清太郎の縁談が決まったのを小耳に挟んだからだ。いずれ祝言を挙げたら、野郎が跡を継ぐのか」

「兄さん、野郎だなんて言わないでちょうだい」

「どうなんだ」

「四八郎さんにとっては長男なんだから、当然でしょう」

仙治は身を乗り出す。

「おめえ、ほんとうにそれでいいのか。先妻の息子に嫁が来たら、おめえも次郎も、肩身が狭くなるんだぜ」

「そこは、四八郎さんがちゃんと考えてくれてるのよ。祝言が終わったら四八郎さんは隠居して、わたしと次郎を連れて箱根で暮らすことになっているの」

仙治は目を見張って立ち上がった。

「そいつは決まったことか」

「ええ。だから、もうお金は渡せなくなるから、今日は四八郎さんから、これを預かっているわ」

おたみは部屋に入り、小物入れから袱紗《ふくさ》を取って戻り、仙治に渡した。

受け取った仙治が開くと、一枚の紙だった。

「なんだこれは」

「四八郎さんが巣鴨《すがも》に持っている小料理屋の沽券状《こけんじょう》よ」

「ああ、あのちっぽけな店か。で？」

「わからないの。清太郎さんが跡を継いでわたしたちが江戸を離れるから、もう兄さんの助けができなくなるの。店を譲るから、真面目に働いてほしいそうよ。小さいといっても、繁盛店だから今よりましな暮らしが……」

「馬鹿にしやがって！」

仙治は沽券状を地べたに投げつけた。

「おれはいい。だがおめえは、ほんとうにそれでいいのか。箱根の田舎に引っ込んで、次郎は何を楽しみに生きていくんだ。あいつが商売をしたがっているのを、知っているだろうが」

「四八郎さんが決めたことだから、もうどうにもならないのよ。次郎が田舎で落ち着いてくれたら、向こうで商売をさせることも考えているから、これでいいの」

「次郎はどうなんだ。納得したのか」

「ええ、したわ。自分が喧嘩ばかりしてたからこうなったと、ちゃんとわかっているの。だから兄さんも、そんなに怒らないで」

おたみは沽券状を拾って砂を払い、仙治に差し出した。

「おれはそんなのいらねえ。食うに困っちゃいないんだ」

「何をして稼いでいるのよ」

「心配するな。だがこれだけは言っておく。お前は、同じ親から生まれたおれの妹だ。今はずいぶんと我慢しているが、昔のお前を知るおれが言うんだ。このままじゃ、必ず後悔するぞ」

「そのことは言わないで。わたしは四八郎さんと出会って、変わったんだから」

「ふん。今は金があり、立派な店の女将《おかみ》に収まってるから言えるんだ。隠居暮らしに満足できるとは思えんがな」

「もう帰って」

両手で耳を塞《ふさ》ぐおたみに、仙治は苦々《にがにが》しい顔をした。

「今日は帰る。だが、気が変わったらいつでも言いな。おめえと次郎は、おれにとっちゃかけがえのねぇ身内だ。力になるからよ。じゃあな」

帰っていく仙治の大きな背中を見たおたみは、耳を塞いだまま身をかがめ、きつく目を閉じた。

四

次郎がお百合の用心棒をはじめて、何ごともなく月日はすぎていった。

好きな喧嘩もせず、悪友との付き合いもしなくなっていた次郎は、三徳屋の者にも気に入られ、その打ち解けぶりは、清太郎に嫉妬させるほどだった。

だが、お百合と清太郎の仲睦《むつ》まじさは揺らぐものではなく、次郎もまた、お百合を姉と慕っている。

例の怪しい男は、時々姿を見せていた。次郎は捕まえようと必死だったが、相手はすばしこく、追っても逃げられてしまう。

暖かくなったら祝言と言っていたが、箱根の家の普請が遅れたせいで四八郎が延期を頼み、卯月《うづき》の二十八日と決まった。

三徳屋の縁側に腰かけ、水ようかんを食べていた次郎は、お茶を淹《い》れてくれたお百合に笑顔で言う。

「あと十日で、家族になれますね、姉上」

お百合は笑った。

「姉上だなんてよしてよ。姉さんでいいわよ」

次郎は蒸し暑さに着物の袖をまくり上げた。喧嘩で鍛えた腕が太く、たくましい。

「兄さんは、近頃落ち着きがなくなっていますね。待ち遠しくてたまらないんでしょう」

「あたしも、落ち着かないわ」

「そんなものですか」

「だって、祝言が終わると、お父様とお母様は箱根に行ってしまわれるから、ちゃんとできるか心配なの」

「大丈夫ですよ。奉公人にまかせておけばいいんですから」

お百合はふと、寂しそうな顔をした。

見逃さない次郎が問う。

「どうしたのです」

「次郎さんとはせっかく仲良くなれたのに、なんだか寂しくて。兄弟で暮らせればいいのにって、清太郎さんも言っていたわ」

次郎は笑った。

「おれはいろいろ悪さをしてきたから、親父《おやじ》が許しませんよ。店に人相の悪い連中が来たら、姉さんも怖いでしょう」

「そんな風には見えないけど、ほんとうに悪いことしていたの」

「はは。伯父の影響ですよ。強い伯父に憧れて真似《まね》をしていたんですが、気付いたら、喧嘩大将なんて言われるようになっていました。そんなですから、親父の気持ちもわかるんです。江戸を離れたほうが、おれのためになると思ってのことですから、従いますよ」

「好きなのね、お父様のことが」

次郎は笑った。照れ隠しに、兄のことに話を変える。

「そういえば、明日は兄さんが来る日ですね。どこに行くんです」

「浅草の泉源寺《せんげんじ》の藤の花が綺麗《きれい》だから、見に行こうって」

「花が好きな兄さんらしいや。それじゃ、おれはそろそろ」

今日、十日ぶりに帰る次郎は、明日は楽しんで、と言い、裏から外に出た。

閉めた木戸を見つめて、次郎は微笑む。そして、ゆっくり木戸から離れ、路地を歩んだ。

町中を急いで帰り、西原屋に着いた頃には空が曇り、風が出たと思っているうちに雨が降りはじめた。

裏木戸から入った次郎は、母親に顔を見せに台所に入ったが、下女たちが忙しく夕餉《ゆうげ》の支度をしているだけでおたみの姿はなかった。

気付いた下女が部屋にいると教えてくれたので、次郎は裏庭から回った。

部屋の前に行くと、おたみは横向きに座り、じっと、襖《ふすま》を見ていた。

真っ白な襖を眺めて何が楽しいのだろうと思う次郎は、声をかけようとして、眉間に皺《しわ》を寄せた。母の横顔が、悲しみに沈んでいたからだ。

「おっかさん」

声をかけると、おたみは顔を向けた。そしてすぐに、たまりかねたように顔を歪《ゆが》め、嗚咽《おえつ》を堪《こら》えるために口に手を当てる。

次郎は驚き、縁側を駆け上がった。

「どうしたんだい。いったい何があった」

おたみは首を振る。

「なんにもないから心配しないで」

「でも泣いているじゃないか」

「もうすぐこの家を出ると思うと、寂しくなっただけだから」

「そうか……」

うつむく次郎は、膝に両手を置いて頭を下げた。

「すまない」

「どうしてお前があやまるのよ」

「おれが喧嘩ばかりしたせいだ」

「それは違う。おとっつぁんは、前から田舎で暮らしたかったのよ」

「ほんとうに、そうだろうか」

「次郎、何を言っているの」

「おとっつぁんは、おれをここから出すために、箱根に行こうとしているんじゃないだろうか。でなきゃ、縁もゆかりもない田舎に行きたいとは思わないだろう」

おたみははっとした。

「お前、そう思っているから、箱根に行くことを喜んで見せたのね」

「………」

何も言わず苦笑いをする次郎の顔には、そうだと書いてある。

この子は我慢している。

そう気付いたおたみは、我が子が哀れになった。

「気付けなくてごめんなさい。今夜、おとっつぁんに相談してみるわ」

「だめだ。そんなことしたら、おとっつぁんが怒る。前も、怒らせて離縁されそうになっただろう、忘れたのかい」

おたみは驚いた。

「お前、どうしてそのことを」

答えぬ次郎に、おたみははっとした。

「仙治伯父さんね、そうなんだろう」

「まあいいじゃないか。とにかく、何も言わないほうがいい」

「わたしはともかく、お前まで我慢することはないの。行きたくなければ、はっきりおっしゃい。この家にいさせてもらうから」

次郎は暗い顔を横に向けた。

「正直に言うと、江戸を離れたくないさ。でも、兄さんの邪魔もしたくない。だから、ここを出て伯父さんの家に行こうかとも考えている」

「だめよ。何をしているかわからない兄さんのところなんて。だいいち、おとっつぁんが許すわけない」

「まあ、まだそうと決めたわけじゃないからおとっつぁんには言わないでおくれ。ここを出るまでには答えを出すから、おっかさんは心配しなくていい」

「お前、わたしと離れると言うの」

「まだ決めていないから、そんなに怒らないでくれよ」

おたみは大きな息を吐いた。

「今日は、泊まれるのよね。お前が好物の鱚《きす》の天ぷらを作るつもりで買ってあるから、ゆっくりしてなさい」

「今日はいい。伯父さんのところに行って相談するよ。早く決めたいから」

「そう」

おたみはがっかりしたが、止めはしなかった。

「じゃあ、これ持って行きなさい」

おたみは帯から小判を一枚出して、にぎらせた。

受け取った次郎は笑顔を見せ、

「儲《もう》かった」

嬉しそうに言う。

だがおたみの顔に笑みはなく、寂しそうだった。

五

「清太郎、近頃は出かけないのだな」

夕餉をとる四八郎は、鱚の天ぷらを口に運び、旬の味に満足そうな顔でうなずいた。

清太郎は温燗《ぬるかん》の徳利《とつくり》をおたみから受け取り、四八郎にすすめた。

答えない清太郎に、四八郎はぐい呑みを取って差し出す。

「祝言がすめばお前はここのあるじだ。今までのようにはいかなくなるんだから、誰と遊んでいるのか知らないが、今のうちに手を切っておけよ」

清太郎は微笑んだ。

「ご心配なく。おとっつぁんが思っているようなことはしていませんから」

半分笑いながら疑う四八郎に、清太郎は話を変える。

「ほんとうか」

「それよりおとっつぁん、箱根に行くのは、梅雨《つゆ》が明けてからでもいいんじゃないですか。長雨がはじまれば、道中うっとうしいですし。おたみさんも、そう思いませんか」

おたみが四八郎を見ると、四八郎は一瞬目を合わせ、清太郎に向いた。

「そうはいかん。もう人足も雇ったし、むこうの大工に、普請代を渡す日を祝言の翌月の一日と伝えているんだ。支払いが遅れると信用がなくなる。次郎に向こうで商売をさせることを考えると、初めが大事だからね、どうしても行かなきゃならない」

「おとっつぁんらしいことで」

「商売をする者にとっては大事なことだ。お前も気をつけなさい」

「肝に銘じます」

酌をした清太郎は、自分の膳に戻って食事をとった。

商売のことを話す親子を見ていたおたみは、ここにどうして、次郎がいないのだろうと思うと、胸が締め付けられた。

思えばここ数年、次郎が二人と食事をとったのは数えるほどしかない。

血の繋がった我が子が、このように楽しげに、父親と話をしたことがあるだろうか。

「おたみさん、この鱚の天ぷら、凄《すご》く旨いですね」

清太郎に言われて、おたみは微笑んだ。同時に、こころがもやもやする。

次郎のために選んだ鱚を、どうして清太郎が食べているのか。

遊び回る四八郎に代わってこの家を守ってきたのはわたしだ。なのにどうして、血の繋がらない清太郎の嫁に譲って、住んだことも見たこともない田舎に引っ込まなくてはいけないのか。

四八郎が好きだという箱根は、前妻との思い出の場所。どうしてそんなところにわたしと次郎が行き、この家を守ってもいない前妻の息子に譲らなくてはいけないのか。

「どうだい、お前もたまには一杯」

四八郎に声をかけられてはっとしたおたみは、笑みを作った。

「いえ、わたしは……」

「いいじゃないか。今日は気分がいいから付き合ってくれ。清太郎、おっかさんに注《つ》いであげなさい」

何がおっかさんだ。ただの飯炊き女としか思っていないくせに。

清太郎はすぐさま応じて、ぐい呑みを差し出した。

嬉しそうな清太郎の顔を見ていると、こころに黒い物が染み出てくる気がしたおたみは、目を伏せて受け取り、注がれた酒を一息に飲み干した。

清太郎が嬉しそうな息を吐いた。

「いい飲みっぷりですね。もう一杯いかがです」

おたみは手で制し、咽《む》せた。

「ゆっくり飲まないからだ。お前はほんとうに、慌て者だな」

四八郎がそう言って笑い、清太郎は背中をさすってくれた。

「もう大丈夫だから」

手を振り払い、台所に下がった。

下女に水をもらい、口に残る酒の苦みを流し込む。

磨き上げた床。

自分が選んで揃えた食器。

味を教え、楽しく働いてきた奉公人たち。

それらをすべて、手放さなくてはいけない。

後妻に入って二十一年、真心を込めて尽くしてきた末路がこれか。

後悔するぞ。

兄の声が頭の中で響いた。

一瞬芽生えた思いにおたみははっとして、激しく首を振る。

その様子を見ていた下女が心配してくれた。よく仕えてくれる可愛《かわい》い下女。この子ともお別れだ。

おたみは微笑みを作り、大丈夫だと言って、給仕に戻った。

四八郎と清太郎は、前途のことを楽しげに話している。

腹黒い四八郎とは違い無垢《むく》で馬鹿な清太郎は、自分があるじになることを楽観し、お百合との新生活に胸を膨らませるばかりだ。

わたしを追い出し、腹違いの弟を田舎に遠ざけることなんか、まるで気にしていない様子。

わたしからすべてを奪おうとしている馬鹿親子の顔を見ていると、また、こころに黒い染みが広がった。

第二章　大川の骸

一

「旦那様、今日はいいお天気になりそうですよ」

夏木《なつき》家の下女おふさが雨戸を開けながら、眩《まぶ》しそうに空を見上げた。笑みを浮かべていたが、返事がないので振り向く。

「あれ、起きてくださいよ旦那様。今日から北町奉行所の御番ですから」

長年奉公しているだけあって、奉行所のことをよく知っている。南町奉行所との月番が替わり、今日から忙しくなるのだ。

廊下に背を向けて寝ていた慎吾《しんご》は、寝返りを打って、眠そうに片目を開けた。両

手を腰に当てて仁王立ちするおふさを見上げて眉間に皺を寄せ、

「もう少し」

と言いながら布団を被った。

「いけません旦那様！」

おふさは容赦なく剝《は》ぎ取り、はだけた寝間着から出ている褌《ふんどし》を見て目を丸くした。

「あれまあ、うふふふ」

みっともないものを見られて慌てた慎吾は飛び起き、股を隠した。

「勘違いするなよおふさ。男はその、あれだ……」

もじもじしていると、おふさが呆《あき》れたように手を振る。

「なんですよう。赤ん坊の頃なんて、あたしがおしめを替えたんですから、恥ずかしがることないでしょうに。ほれ、早く支度をなさい」

尻をたたかれて布団から追い出された慎吾は、厠《かわや》へ行った。

用を足して褌を巻きなおし、身支度にかかった。

庭に中間《ちゆうげん》の作彦《さくひこ》が来たのは程なくだ。

「旦那様、おはようございます」

縁側から上がり、着替えを手伝ってくれた。

縞《しま》の単衣《ひとえ》を着て帯に脇差《わきざ》しをねじ込み、布団を畳んでいるおふさに言う。

「湯屋に行ってくる」

「お時間は大丈夫ですか」

「間に合うように帰るさ」

慎吾は雪駄《せった》をつっかけ、作彦と裏木戸から出た。

人気《ひとけ》が少ない路地に出ると、昇ったばかりの朝日を拝みながら亀島町《かめしまちょう》に行き、軒先に飾られた名も知らない赤い花を見ながら男湯の暖簾を潜《くぐ》る。

与力と同心は朝風呂に限り、女湯に入ることを許されているが、女の裸を見ることを許されているのではなく、朝風呂に入る女がいないため、沸かしたての湯に浸《つ》かれるのである。

同心の中には、男湯でされている噂《うわさ》話などを盗み聞くために、女湯が役に立つこともあるという者もいるが、与力や同心が多く利用する亀島町の湯屋で悪い噂をする男客がいるはずもなく、慎吾は、女湯に入ったことがない。

かけ湯で身体《からだ》を清めてざくろ口を潜ると、薄暗い湯殿に片足を入れた。

熱めの湯に息を吐きながら肩まで浸かると、作彦も同じようにくつろいでいる。

慎吾と作彦は験担ぎのように、月番がはじまる日の朝は、こうして身を清めることにしている。

「旦那様、やはり朝風呂は気持ちいいですね」

「うむ」

「忙しくなればめったに来られませんからゆっくりしたいところですが、混む前に背中を流しましょう」

「すまんな」

ざくろ口から出て洗い場の腰かけに座ると、作彦が手拭《てぬぐ》いで背中を擦《こす》ろうとして手を止めた。

「旦那様、傷痕はまだ痛みますか」

「寒くなると、時々な」

「そうですか……」

作彦はいたわるように、手を動かした。

「傷がうずくたびに、よく生きられたと思う」

そう言って笑う慎吾の背中には、右肩から袈裟《けさ》懸《が》けに斬られた痛々しい傷痕が浮いている。

斬られたのは五年前のことだ。

当時江戸を震撼《しんかん》させていた大盗賊の一味を追い詰めたのだが、寺に逃げ込まれてしまい、手が出せなくなった。そこで慎吾は、手伝っていた岡っ引きを北町奉行所に走らせ、寺社奉行に捕縛の許しを出させるよう伝えさせた。

そのあいだ、賊を寺から逃がさぬよう見張った。だが、長く待たされた挙句に来たのは捕縛の許しではなく、寺社方の与力だった。捕り方を連れた与力は、自分たちにまかせろと言って、帰らせようとした。

手柄の横取りをされるようで気分が悪かったのだが、相手は北町奉行、榊原《さかきばら》主計頭忠之《かずえのかみただゆき》の長男忠義《ただよし》。当時はまだ、自分が忠之の隠し子であることを知らない慎吾は、雲上人である奉行の息子に逆らうことなどできるはずもなく、あっさり引き下がった。

大勢の捕り方を連れ、陣笠《じんがさ》に胴具をつけた忠義の姿は凜々《りり》しく、慎吾は尊敬の眼差しで見守っていた。

ところが、いざ捕り物がはじまると、浪人を用心棒にしていた盗賊どもは手強《てごわ》く、忠義の手勢が次々と倒された。忠義は抜刀して奮戦したが斬られそうになり、慎吾が身を挺《てい》して守ったのだ。

背中を斬られ、殺されると覚悟した時、忠義が相手の浪人を斬り、盗賊どもを取り押さえた。

以来忠義は、父忠之の配下である慎吾を実の弟とは知らず、弟のように可愛がっている。

たまに町奉行所の役宅に顔を出すのだが、折よく顔を見ることがあれば酒を飲みに誘ってくれる。

腹違いの兄弟だと口が裂けても言えるはずもなく、慎吾は一介の同心として、忠義と酒を酌み交わすのだ。

五年前、賊に背中を斬られた不甲斐《ふがい》なさを恥じた慎吾は、傷が癒えた後は、剣術の師、寺重宗近《てらしげむねちか》の元で天真一刀流《てんしんいっとう》を再修行して、必殺の無音斬《むおんぎ》りを極めた。

厳しく剣を教えてくれた恩師も、一月前に身罷《みまか》った。御歳八十一の大往生であるが、慎吾を含め、門人たちは深い悲しみと共に、もう会えぬことを寂しがっている。

丁度非番月であったため、師匠が眠る駒込《こまごめ》の光源寺《こうげんじ》に毎日のように通い、墓に手を合わせていた。

しかし、悲しむのは今日までだ。

慎吾は作彦の手から手拭いを取り、代わって背中を擦ってやった。

「旦那様……」

「今日から忙しくなる。しっかり身を清めて、よろしく頼むぜ」

「もったいないことです」


こざっぱりして組屋敷に帰った慎吾は、おふさが調えてくれた朝餉を急いでとり、髪結いに月代《さかやき》を整えてもらい出かけた。

非番月だからといって一月奉行所を休むかというとそうではなく、実は毎日通っている。

月番の時に溜《た》まった訴えの処理の手伝いや、書状の整理など仕事はあるのだが、定町廻《じょうまちまわ》りにとってはやはり、非番月は息抜きができる月である。

「何もなければいいがな」

市中が平穏であることを祈りつつ、奉行所に出仕した。

同心の詰め所で筆頭与力の訓示を受けた同心たちは、それぞれ受け持ちの町に点在する自身番に顔を出すために出かけていった。

最後に出た慎吾も、深川《ふかがわ》に向かうべく門に急ぐ。

「慎吾様」

門から出ようとしたところで声をかけられ、慎吾は振り向いた。

ぱっと目に付く赤い笄《こうがい》を髷《まげ》に挿し、花の模様が華やかな小袖がよく似合うのは静《しず》香《か》だ。

静香は遠慮がちな顔をして、手招きした。

「作彦、ちょいと待ってな」

門の軒下で膝をつく作彦に言って歩み寄る。

「お嬢様、どうされました」

人の耳目を気にしてそう言う慎吾に、静香は微笑む。

「ちょっと来て」

「これからお役目があるのですが」

「手間は取らさないから」

静香は歩みを進める。

仕方なく付いて歩み、奉行所の横手にある役宅に入った。

雲上人である奉行の役宅に同心が気軽に入れるものではないが、奥方の久代《ひさよ》だけでなく、娘の静香までもが頻繁に慎吾を招くものだから、もはや、誰もが見慣れた光景になっている。

忠之と慎吾が父子である秘密を知った静香は、遠慮などいらぬといった調子で、頻繁に役宅に招き入れ、腹違いの兄妹と知らぬ者の中には、二人が想い合っていると噂する者もいる。

役宅には女中や忠之の家来たちがいるため、

「お嬢様、それがしには月番の役目がございます。御用のむきを」

かしこまった物言いで、静香の足を止めた。

「兄上……」

と言ったところで言葉を切ったので、慎吾はどきりとしてあたりを見回した。

「が、会いたいと言っています」

言い添える静香に、慎吾はほっと胸をなで下ろした。だが、言葉の意味を理解して驚いた。

「忠義様がおいでなのですか」

「はい」

兄とは呼べぬが、武士として尊敬している忠義が来ていると知り、慎吾は目を輝かせた。

静香に案内されて奥の部屋に行くと、久代と談笑する忠義が、明るい笑顔を向けた。

穏やかな目は母親に似ていて、人好きのする顔立ちをしている。

「おお、来たか慎吾。久しぶりであるな」

「はは、今年の春にお目にかかって以来にございます」

「もうそんなになるか」

目を細める忠義に、久代が言う。

「そうですよ。もう少し顔を見せてくれないと」

「すみません母上。忙しくて、なかなか足が向けられぬのです」

すると静香が割って入った。

「だからいけないのですよ、兄上は」

「うん？」

穏やかな表情の忠義は、静香に言わせると、真面目すぎておもしろくないらしい。

本来は江戸城本丸の小納戸役《こなんどやく》だが、六年前に寺社奉行土井利位《どいとしつら》の与力として出張り、土井が一度退任した四年前からは、脇坂安董《わきさかやすただ》を助けている。

真面目ゆえ、どこに行かされても役目に励む忠義であるが、かゆいところに手が届く奴じゃ、と脇坂にたいそう気に入られ、自分の家来のように使われている。

ろくに休むこともなく勤める兄のことが、静香は心配なのだ。脇坂屋敷に出入りするようになって、忠義はあまり笑わなくなっていた。

静香がそのことを正直に言うと、忠義は苦笑いを浮かべた。

「お前の言うとおりだ。今日は久々に笑ったぞ」

久代が案じる面持ちを向ける。

「風当たりが強いのですか」

「心配はいりませぬ。脇坂様はこの先必ず出世されるお方。踏ん張って認めていただけたなら、榊原家は安泰となりましょう」

「まあ、頼もしいこと」

「父上と母上には、楽をしていただきますぞ」

目を輝かせる忠義を見て、以前の忠義ではないと、慎吾も思うようになった。ただし、静香とは違い、人として、武士として、大きくなったように感じたのだ。じっと見ていることに気付いた忠義が、目を向けてきた。

「慎吾」

「はい」

「ちと話がある。共にまいれ」

立ち上がる忠義に、静香が不服そうだ。

「兄上、ここでお話しになられてはいかがですか」

「悪いが静香、ここでは言えぬ。慎吾、外へまいろう」

「はは」

忠義は久代に頭を下げて、部屋から出ていった。

奉行との秘密がばれてしまったのでは、という不安が込み上げた慎吾は、静香を見た。

静香も不安に思っていたらしく、断じて自分じゃないという顔で、首を振る。

見ていた久代が、いぶかしむ。

「静香、どうしたのです」

「いえ、なんでも」

「嘘《うそ》をおっしゃい。首を振るのはどういう意味ですか。慎吾殿」

問う顔を向けられた慎吾は、咄嗟《とっさ》に言う。

「いったいなんの話でしょうかと、お嬢様にうかがったのです」

「ああ、そういうことですか」

納得する久代に、慎吾は安堵した。

「では奥方様、お嬢様、それがしは話を聞きましたら見廻《みまわ》りに出ますので、これにて失礼いたします」

「あら、美味《おい》しいおまんじゅうがあるのよ」

「せっかくですが奥方様、受け持ちの自身番をすべて回りますので、今日はご無礼を」

　慎吾は頭を下げると、忠義の後を追って出た。

　廊下で待っていた忠義は、人気がない米蔵の横に誘い、耳目がないのを確かめて慎吾と向き合った。

「なあ、慎吾」

「はい」

「静香をどう思うておる」

　いきなり訊《き》かれて、返答に困った。

「どう、とは」

　忠義は考える顔をしたが、すぐに言う。

「回りくどいことはなしだ。奉行所の噂を聞いた。妹とそういう仲なのか」

「まさか」

「違うのか」

「違います」

　腹違いの兄妹だと喉まで出かけたが、ぐっと堪えて飲み込んだ。地面を見つめて、

どうしたものかと考えていると、

「そうか」

忠義が元気のない声で言い、一つ息を吐いて続ける。

「実は脇坂様から、静香の縁談を持ち出された。今日参上したのは、父上に伝えるためだ。今日は総登城の日だが、わたしは免じられたため、脇坂様が城で父上におっしゃらなければよいがと案じている」

「お相手は」

「心配か」

真意を探るような目を向けられて、慎吾は口ごもった。

「まあ、お嬢様のことですから、気になりはします」

「相手はさる大名だ」

「大名家ならば良縁ですね」

「まあ、な」

ほんとうにいいのか、と問う目を向けられ、慎吾は思ったことを言う。

「脇坂様からのお話となれば、断れぬのではないですか」

忠義はふっと、笑みをこぼした。

「断る断らぬは、父上がお決めになる。話をする前に、お前の気持ちを知っておきたかったのだ」

「はあ」

「気のない返事だな。噂を聞いて、てっきり二人は想い合っていると思うたが、どうやら、妹だけのようだな」

慎吾は慌てた。

「お嬢様も、そのようには想うておられませぬ。噂は、それがしが仲良くさせていただいておりますから、勝手に勘ぐった者がありもせぬことを言っているのです」

「わかった。つまらぬことを訊いてすまん。忘れてくれ」

忠義は真顔で言うと、立ち去った。

見送った慎吾は、胸をなで下ろした。

「縁談か。寂しくなる」

ぼそりと言った慎吾は、妹の幸を願い門に向かった。

忠義は立ち止まり、慎吾を見ている。その眼差しが、何かを気にするようであったが、慎吾は、見られていることさえ気付かなかった。

作彦と呉服橋《ごふくばし》を渡っていた慎吾の耳に、名を呼ぶ声が入った。

前からする声に顔を向けると、

「旦那！　慎吾の旦那！」

着物の裾を端折《はしょ》り、水色の股引《ももひき》を穿《は》いた細身の男が駆け寄ってきた。

「伝吉《でんきち》じゃないか。朝っぱらから慌てて何ごとだ」

下っ引きの伝吉は立ち止まると、橋の欄干に両手をついて大きな息をしている。

深川から走ってきたらしく、汗でぐっしょりだ。

息を整えた伝吉が、欄干から手を放して向き合った。

「旦那、大川で死人が上がりやした。殺しです」

「何だと！」

慎吾は眉間に皺を寄せて舌打ちをした。

「月番初日から縁起でもない。よし、案内しろ」

「がってんだ」

一つ大きく息をした伝吉が、来た道を戻りはじめた。

慎吾と作彦は後に続いて堀端を走り、人通りが増えはじめた日本橋の袂《たもと》を横切ると、朝からにぎわう青物市場を避けて町中を抜け、永代橋《えいたいばし》を渡って川上に向かった。

二

河岸には、野次馬の人だかりができていた。

「ちょいと通してくれ」

伝吉が割って入り、慎吾たちが続く。

痛ましいとか、可哀《かわい》そうに、という声がする中を抜けると、岸に上げられて筵《むしろ》をかけられた骸《むくろ》の横に、岡っ引きの五六蔵《ごろぞう》がいるのが見えた。中年の男と話をしている。

定町廻り同心の慎吾は、俸禄《ほうろく》は三十俵二人扶持《ぶち》であるため食べていくのがやっと。同心ともなれば、受け持ちの大店あたりからかなりの付届けをもらい、岡っ引きや下っ引きの四人や五人を食わせるのだが、十手《じつて》を預かる者は真っ白でなければいけないと信じる慎吾は、付届けを一切受け取らぬ。

当然、岡っ引きを雇う金などないのだが、亡き祖父、夏木周吾《しゆうご》の代から忠義の者である五六蔵は、周吾に恩があると言って、金を出せぬ慎吾にも仕えている。

無給金の五六蔵を支えるのは、永代寺門前仲町《えいたいじもんぜんなかちよう》の旅籠《はたご》、浜屋《はまや》を営む妻の千鶴《ちづる》であり、下っ引きの伝吉と松次郎《まつじろう》を離れに住まわせ、通いの又介《またすけ》の暮らしも面倒をみている。

五六蔵が祖父にどのような恩があるのかは、訊いても決して言わぬ。祖父が他界した今となっては、慎吾に知る術《すべ》はない。ただ、深川のやくざが五六蔵には媚《こ》びを売りこそすれ逆らわぬので、慎吾は、元やくざの大親分ではないかと勝手に思っている。

「とっつぁん」

声をかけると、五六蔵が渋い顔で振り向き、

「旦那、月番初日から申しわけありやせん」

自分の縄張りで起きたことを詫《わ》び、頭を下げた。

慎吾は、そんな五六蔵をじっと見た。険しい面構《つらがま》えはいつものことだが、目つきが鋭い。

「殺しは確かか」

「へい。首を絞められた痕がありやす。ほとけさんは、旦那も知っている者ですぜ」

慎吾はしゃがみ、腰から抜いた十手の先で筵をめくった。

蠟《ろう》のような色の顔には、水草がへばりついている。水のせいで膨れているが、一目で誰かわかった。

「おい、西原屋の清太郎じゃねえか」

驚きを隠せず見上げると、五六蔵がうなずいた。

「絞め殺されて、川に捨てられたようです。浮いて流れているところを漁師が見つけて引き上げやした」

慎吾は立ち上がり、五六蔵が示す者に顔を向けると、自ら定吉《さだきち》と名乗った漁師が頭を下げた。

「どこで見つけた」

「あっしは、潮に乗って大川に入った鯖《さば》を網ですくおうと思いやしてね。舟を漕いで永代橋の下を潜ろうと思いましたら、ほとけさんがぷっかりと浮いてきたんでさ。そりゃもう驚いたのなんのって、腰が抜けて川に落ちそうになりやしたよ」

「一人で引き上げてくれたのか」

「へい」

「そいつはご苦労だったな。怪しい者は見なかったか」

「いえ……」

「そうか。お前さんが見つけてくれなけりゃ、清太郎は今頃海の底だ。ありがとよ。これから漁に出るかい」

「へい、出やす」

「そうか。また訊きたいことがあれば呼ぶ。気をつけて行け」

恐縮して舟に戻る定吉を見送った慎吾は、ほとけを見た。清太郎は眠っているように穏やかな顔をしているが、首が赤紫に変色している。

「親分、西原屋に知らせは」

「又介を走らせましたんで、そろそろ戻ってくる頃かと。ああ、言ったはしから戻ってきやした」

五六蔵が河岸を戻ってくる若者を指し示した。後ろには、商人風の男が肩を丸めて付いて来ている。

野次馬をかき分けて来た又介が、慎吾に気付いて駆け寄る。歳は二十五だが冷静な男で、探索に優れている。

普段は浜屋で楊枝《ようじ》を作っているが、五六蔵が頼りにしているれっきとした下っ引きだ。

「ご苦労だったな」

慎吾が労《ねぎら》うと、又介が頭を下げた。

慎吾が続いて声をかけようとした西原屋のあるじ四八郎は、前のめりに歩いて骸に近づいた。

「清太郎！　お前どうして……」

悲しげな声をあげ、冷たくなった息子のそばに両膝をついた。

「西原屋、清太郎に間違いねえか」

慎吾がいたわるように声をかけると、

「旦那、どうして倅がこんなことになったんです」

四八郎は歯を食いしばり、恨みをぶつけるように慎吾を見た。

深川では名の知れた油問屋を営む四八郎は、普段は温厚な人柄だ。倅を殺されて気が動転しているのか、今は恐ろしい形相《ぎょうそう》をしている。

慎吾は十手の先で、清太郎の喉を示す。

「ここを見ろ。何かで絞められた痕がくっきり残っている。殺しだ」

「そ、そんな。いったい誰がやったと言うんです」

「そいつはこっちが訊きたいよ。思い当たることはないか」

「おい、入ってはならん！」

野次馬を止めている番屋の小役人が、誰かを止めようと声をあげた。

慎吾が見ると、青い着物姿の女が役人の手を振り切り、必死の形相で清太郎に駆け寄った。

冷たくなった顔を見るなり悲鳴をあげ、

「清太郎さん、清太郎さん！」

しがみ付き、顔に頬をすり寄せて嗚咽した。

「お百合ちゃん、清太郎は、誰かに殺されたんだよ」

四八郎が悔しそうに言い、地べたに両手をついてうなだれた。

慎吾が関わりを訊くと、四八郎が顔を上げて涙を拭い、お百合の肩にそっと手を当てた。

「倅の、許婚です。二日前に祝言を挙げることになっておりました」

「その前からいなくなっていたのか」

「はい。祝言が明日という日になっても帰りませんから、店の者たちで捜していたんです」

「そうか。それは、気の毒なことだ」

胸を痛めていると、お百合が訴える顔を向けた。

「お役人様、あたし、下手人を知っています」

思わぬ言葉に、慎吾と五六蔵は顔を見合わせた。

前に出た又介が、冷静な眼差しをお百合に向けて訊く。

「どこの誰なんだい」

「名前は知りません。でも、きっとそうです」

お百合は、付きまといをする男がいたことを話した。

「なるほど……」

又介は考える顔でうなずく。

「つまりその男は、お前さんを想うあまり、邪魔な清太郎を殺した。そう思っているのかい」

お百合はうなずく。

「前から、清太郎さんと一緒にいるところを見られていました」

慎吾がさりげなく、お百合の前に立った。

「野次馬の中に、その男はいないか。待て、あからさまに見るんじゃない。おれと話をするふりをして、それとなく捜すんだ」

ごくりと唾を飲むようにうなずいたお百合が、慎吾の肩越しに野次馬を見ている。

「どうだ」

「いません」

声を震わせて、大きな目から涙をこぼした。

慎吾は懐紙を渡してやった。

「とりあえず、番屋に行こうか。詳しい話を聞かせてくれ」

「はい」

「いや、やっぱり五六蔵のところがいいな。又介、下手人がどこで見ているかわからぬ。用心して案内しろ」

「わかりました」

「とっつぁん」

「へい」

「ほとけさんを自身番に運んで、華山《かざん》に見てもらうぞ」

「承知しやした」

五六蔵が伝吉に向く。

「一っ走り、先生のところへ行ってお連れしろ。ほとけは佐賀町《さがちょう》の自身番に運ぶ」

「がってんだ」

伝吉は土手を駆け上がり、永代橋のほうへ走っていった。

四八郎が驚いた顔で慎吾に歩み寄る。

「旦那、息子を連れて帰らせてはいただけないのですか」

「医者を番屋に呼んで、清太郎の身体を調べさせる。ここで裸にするのは、人目があるからな」

「どうして、医者に」

「身体を調べることで、下手人を見つける糸口が見つかることがある。無念の清太郎も、文句は言わないだろう。弔いはその後だ、いいな」

「は、はい」

「それじゃ、お前も一緒に来い」

「わかりました」

顔を青ざめさせる四八郎は、運ばれる息子に付き添い、自身番に行った。


伝吉に呼ばれた国元《くにもと》華山が、自身番の前に止まった駕籠《かご》から降りてきた。

迎える慎吾に、華山は真顔でうなずく。

華山が女であることに、四八郎は驚いた顔をしている。

そんなことには慣れている華山は、顔色一つ変えずに骸の着物を切り、裸にした。

　清太郎の身体に目立つ傷はなく、華山は色が変わっている首を調べ終えて、慎吾に顔を向けた。

「胸を開いて、水を飲んでいるか調べる?」

「いや、目立つ傷がないなら、そこまではいいだろう。ご苦労さん」

　医術発展のために腑《ふ》分けを望む華山は、あからさまにため息をついた。

「悲しそうな顔をしても、腑分けはなしだ」

　慎吾にそう言われた華山はあきらめて立ち上がり、亡くなったのは五日以内だと教えて帰っていった。

　見送った慎吾は、四八郎と向き合った。

「清太郎を捜していたと言ったな」

「はい」

「自身番には届けたのか」

「…………」

　四八郎は首を振った。

「どうして」

「血は争えないといいますか、若い頃の手前に似て、時々遊び歩くことがありましたから」

「許嫁がいるのにか」

「いえ、女ではなく、男友達の家に寝泊まりしていたようです。倅は囲碁が好きでして、仲間と集まって興じることがありましたから」

「家を出たのはいつだ」

「五日前です」

「どこに行くと言っていた」

「………」

「知らないのか」

「もういい大人ですし、倅も、訊けばいやな顔をしましたもので」

「まあ、そんなもんか」

厳しくしていなかったのだろうと納得した慎吾は、骸を引き取らせ、作彦を連れて自身番を出た。

誰に殺されたのか。

考えながら町中を歩き、向かったのは北川町《きたがわちょう》だ。長屋に足を運び、絵師の利円《りえん》を訪ねた。

「北町の夏木だ。いるかい」

声をかけて戸を開けるなり、酒の甘い香りがしてきた。

朝から飲んだくれているのかと思いきや、板に敷いた紙の前に座した利円は、鬼気迫る面持ちで横を向いている。慎吾を見もせず、じっと一点を見ていたかと思うと、やおら筆を取り、紙を睨んだ。

一心不乱に筆を動かす利円は、慎吾が声をかけたのにも気付いていないようだ。

そう思って中へ入ろうとすると、

「動くんじゃない！」

利円がいきなり怒った。

「おお、すまぬ」

驚いた慎吾が外に出ようとすると、障子の奥から女の声がした。慎吾を怒ったのではなさそうだ。

「だって先生、誰か来ましたよう」

「ああ？」

利円が眉間に皺を寄せた顔を戸口に向け、

「なんだ、慎吾の旦那か」

まるで相手にしない様子で、紙に向きなおった。筆を一筋走らせて顔を上げると、
また怒る。

「見られて減るもんじゃなし、あと少しだから動くな。言うことを聞かないと銭を
払わんぞ」

「わかりましたよう」

女は着物を脱いだのか、障子の端に派手な色の帯がはらりと落ちた。

どうやら裸の絵を描いているらしく、慎吾がどうしようか迷っていると、

「人相書きかい」

利円が筆を休めることなく訊いてきた。

「うむ。邪魔はせぬから、終わったら浜屋まで来てくれ」

「まあ、そう焦りなさんな。もうじき終わるから待ちなよ」

筆先を舐《な》めると、慎重な様子で筆を走らせ、

「よし、できた」

満足げに絵を眺めた。

帯が障子の端からするすると奥に消えると、

「いいところに来た。ちょいと入りな」

利円が手招きした。

慎吾が中に歩み寄ると、利円は満足そうな顔で絵を見せてきた。何とも艶《なまめ》かしい表情の女が肌を露《あら》わにして、男と交わっている。

鬢《びん》に白髪が目立つ利円は、旗本や大名家から内々に頼まれる枕絵を描いて食べているが、人相書きの腕も達者なので、慎吾をはじめ、奉行所の連中が頼みに来る。

絵を見せられてどうだと訊かれたので、慎吾は適当に相槌《あいづち》を打った。

「いい絵だ。急いでくれ」

「ちょいと旦那。手本が目の前にいるのにつれない言い方だね」

女が不服そうに言うので顔を向けた慎吾は、どきりとした。女が着物の裾をはだけて座り、艶かしい脚を露わにしていたからだ。

女は朱色の盃《さかずき》を手に取ると、ぐっと飲み干した。ほどよく酔っているせいで肌の色が桜色にそまり、なんとも色気がある。

自分が手本の枕絵を見てもそっけない態度なのがしゃくに障ったのか、女はわざと着物の裾をはだけて見せている。慎吾が目のやり場に困るとおもしろがり、さらに脚を開いて見せた。

慎吾がたまらず目をつぶると、利円が愉快げに笑った。

「おい里乃《さとの》、お役人をからかうもんじゃねえぞ」

「だって先生、旦那ったら可愛いんだもの」

里乃は妖艶な眼差しを慎吾に向け、四つん這《ば》いになって近づこうとした。腰の帯に手を伸ばした利円が引き戻した。

「人相書きだと聞こえただろう。旦那には遊んでいる暇はないんだ。今日はもう帰りな。また頼むぞ」

小判一枚を渡して尻をたたくと、わかりましたよう、と応じた里乃であるが、帰り際に、絡み付くような流し目を慎吾に向けてきた。

「いつか、あたしと遊んでくださいな」

耳元でささやいた里乃は、そっと手に触れ、長屋から出ていった。

尻を振って歩く里乃の後ろ姿に、慎吾はため息をつく。

「ありゃ、何もんだ」

「浅草の芸者よ。武家のあいだじゃ有名でな。近頃は、里乃を手本に絵を描いてくれという依頼ばかりよ」

「ふぅん。まあそれなりに、いい女だものな」

「つきたての餅みてぇな身体を見せられて、のぼせない男はいめぇよ。旦那、あいつから誘われるのは男として幸せなことだぜ。独り身なんだから、遠慮せず遊んだらどうだい」

「馬鹿やろ。いいから、早く支度しろ」

「へいへい」

利円は、出来上がったばかりの絵を大事そうに片づけ、身支度をした。

三

利円を連れて浜屋に行くと、仲居が大きな尻を向けて表の掃き掃除をしていた。

「おつね」

「はいぃ！」

声をかけると飛び上がるように振り向き、慎吾だと知って顔を赤らめてうつむく。

でっぷりとした醜女《しこめ》だが、心根が好く、誰よりも気配りができるため千鶴に気に入られ、二十八歳で仲居頭をまかされている。

「いつも綺麗にしているな」

「あら嬉しい」

頬に手を当てているのに、店の前に塵《ちり》一つ落ちちゃいないと褒めたものだから、おつねが目をつり上げて、べぇをした。

利円はというと、帳面をめくって筆を走らせている。

何を描いているのか覗《のぞ》いて見ると、おつねのふくよかな身体を見事なまでに艶かしく描いていた。

「へぇ、おめえが描くと、おつねもべっぴんだなぁ」

慎吾の肩越しに利円の帳面を見たおつねが、

「やだ、裸じゃない」

怒ったが表情は笑っていて、まんざらでもなさそうだ。

「今度、本式にお前さんの裸を描かせてもらえぬかの」

利円が大真面目に頼むものだから、おつねが真っ赤になって慎吾の背中に隠れた。

「やですよう。あたしの裸は、慎吾の旦那にしか見せないと決めてるもの」

「おおそうか。では二人が交わっておるところを描かせてくれぬか」

慎吾は呆れた。

「何を馬鹿なことを。さ、仕事だ仕事」

慎吾が中に入ろうとしたが、袖を引かれた。

「おい、破れるからその手を放せ」

振り向いて手をつかんだ途端に、おつねは白目を剝《む》いた。利円の話が、彼女には刺激が強すぎたようだ。

倒れるのを受け止めた慎吾は、利円に言う。

「お前が変なこと言うからだぞ。手伝え」

利円は戸惑いながらも、半分笑みを浮かべておつねの足を持った。

作彦と三人で中に連れて入り、小上がりに横にして、うちわで顔を冷ましてやる。

騒ぎに気付いた仲居のおなみが出てくると、おつねが倒れているのでぎょっとした。

「旦那、いったいどうしたんです」

「心配ない。ちょいとのぼせちまっただけだから、すぐに目がさめる。それよりおなみ、お前さんと同じ年頃の女が来ているな」

「はい。親分さんと奥にいらっしゃいます」

「お上の御用がある。代わってくれ」

「はいはい」

慎吾はおつねに、しっかりしろよ、と声をかけ、利円を連れて奥に行った。

居間には、五六蔵と手下たちが勢揃いしていた。うなだれて、悲しみに暮れるお百合にどう声をかけたらいいかわからないらしく、静まり返っている。

「遅くなってすまん」

慎吾が声をかけて入ると、顔を向けた五六蔵が絵師の顔を見るなり、なるほど、とうなずき、お百合に人相書きのことを告げた。

伝吉に文《ふ》机《づくえ》を用意させて、利円とお百合を促す。

白い紙が置かれた文机の前に座した利円は、お百合を横に誘い、座るのを待って顔を見る。

「では、はじめますかな」

「はい」

お百合に付きまとう男の人相を訊きながら、利円が筆を走らせる。

「へぇ、うめえもんだ」

筆の速さと確かな腕前に、五六蔵たちが見入っている。

「見るからに陰気くせぇ野郎ですね、親分」

「伝吉、そういうおめえに似てるぜ」

「じょ、冗談じゃねえや、松次郎の兄貴」

伝吉が、横にいる松次郎を肘《ひじ》で小突いた。

「町娘の間じゃ二枚目で知られたあっしですぜ」

「いいや、そっくりだ。惚《ほ》れた女を見る時のおめえの目だな、こりゃ」

浜屋に住み込みの松次郎は、弟分の伝吉に遠慮がない。

「おいおめえら」

五六蔵が、お百合に気を遣えと目配せすると、二人は首をすくめた。

「よし、これでどうかな」

利円が言う前から、お百合は口を塞いで絵を見ている。

じっと顔を見ていた慎吾は、憎しみを込めた目をしているお百合に問う。

「似ているか」

するとお百合は、慎吾に真っ直《ます》ぐな目を向ける。

「そっくりです」

絵を受け取った慎吾は、下手人かもしれぬ男の顔を眺めた。

目尻がやや下がり、横に広がった鼻が目立つ陰気な表情をしている。

「こいつに間違いないのだな」

念を押すと、お百合がこくりとうなずいた。

慎吾は利円に、人相書きをもっと作るよう命じた。

応じた利円は、すぐさま作業にかかった。

「人相書きを町中にばらまけば、すぐに見つかるはずだ」

五六蔵が言い、お百合に茶をすすめる。

慎吾は、お百合が茶を一口飲むのを待ち、改めて子細を訊くべく居住まいを正す。

「ところでお百合、どうして、人相書きの男が清太郎を殺したと思う」

お百合は湯呑みを置き、慎吾と目を合わせた。

「目です」

「目？」

「清太郎さんを見る目が、怖かったから」

「付きまとうようになったのは、いつ頃からだ」

「気付いたのは、去年の師走《しわす》の頃です」

「どのように付きまとわれた」

「物陰に隠れてお店の様子を見ていたり、あたしが出かけたら、後ろから付いて来ていました」

「そのことを、誰かに言ったか」

「おとっつぁんに言いましたが、下手《へた》に騒いで相手を怒らせてはいけないと言われて。でも、忙しい清太郎さんに代わって、弟さんが用心棒代わりをしてくれていました」

「次郎か」

「はい。ずっと住み込んで、守ってくれました」

次郎を知る慎吾は、合点がいった。

「近頃大人しいと思ったら、そういうことだったのか」

お百合は辛《つら》そうに目をつむった。

「でも、守るべきはあたしじゃなかったんです。清太郎さんが殺されたのは、あたしのせいです」

「そう自分を責めちゃだめだ」

「でも……」

「悪いのは下手人だ。お前さんじゃない」

「…………」

お百合は唇を噛《か》みしめて、目を潤ませた。

慎吾は女の涙が苦手だ。

「次郎に訊けば、詳しいことがわかるか」

お百合は首を振った。

「次郎さんが用心棒をするようになってほとんど見ていませんから、わからないと思います」

「そうか。では辛いだろうが、清太郎のためにも気を強く持って、下手人のことについてもっと訊かせてくれないか」

「はい」

「人相書きの男がどこの誰なのか、知らないのだな」

「知りません」

「野郎はどこで、お前さんに目を付けたのだろうな。思い当たることはないか。たとえば、深川の外に出かけたとか、どんな些細《ささい》なことでもいいから言ってみてくれ」

お百合は伏し目にして考える顔をした。そして、思い出した顔を上げる。

「去年は、あまり深川の外には出ていませんから、お店か、大川のほとりで清太郎さんと会っている時かと」

「なるほど。では、店の者たちは、男のことで何か言っていなかったか」

「それが、誰もはっきりと顔を見ていないのです」

「見ていない？」

「あたしが店の前にいるのに気付いて知らせた時には、決まって立ち去っていましたから」

「なぁるほど」

慎吾は十手を抜き、肩をたたいて考えた。

お百合が言っていることがほんとうなら、付きまといに慣れた者の仕業《しわざ》だろう。手前勝手にお百合のことを想うあまり、清太郎がこの世からいなくなれば、お百合が自分を見てくれると思い込んでの凶行か。

放っておくと、次は必ず、お百合に手を出してくる。人一人殺《あや》めれば下手人だ。二人や三人手にかけても受ける罰は同じだと開き直れば、何をしてくるかわかったものじゃない。

慎吾は憂えた。

「今日は、次郎は用心棒をしていないのか」

「清太郎さんがいなくなってからは、それどころではなくて」

「そうか。とっつぁん」

「へい」

「誰か、お百合の警固に付けてくれぬか」

五六蔵は快諾する。

「伝吉、松次郎、おめえたち二人で守れ」

「がってんだ」

伝吉が即答し、松次郎はうなずく。

五六蔵はさらに言う。

「何かあったら、すぐ知らせろ」

「あっしらが、下手人をとっ捕まえてやりますよ」

伝吉がそう張り切った。

「二人が付いていれば安心だ。よろしくな」

慎吾が頼むと、伝吉と松次郎はやる気満々の顔で立ち上がった。

二人にお百合を送って行かせて間もなく、利円が人相書きを揃えた。

まずは深川と本所《ほんじょ》あたりに貼り出して、下手人を知っている者を捜す。

おそらく深川のどこかに住む者だろうと、慎吾と五六蔵は目星をつけた。理由は、お百合があまり、深川の外に出ていないからだ。店に紙を買いに来た客か、あるいは清太郎と町を歩く姿を見て、手前勝手に想うようになったに違いない。

「さあさあ、お腹《なか》すいたでしょう」

五六蔵の女房の千鶴が、昼餉を持って来た。おつねは目をさましたらしく、おなみと共に膳を持って来た。気まずいのか、慎吾に目を向けようとしない。

「おっ、もう昼か。奉行所に行かねばな」

慎吾は気を遣って、今日のところは帰ろうとしたが、千鶴に引き止められた。

「せっかく支度したんだから、食べて行ってくださいよ。作彦さんも。こちらに掛けて」

千鶴が土間で待っている作彦に上がり框《がまち》を促し、おつねが膳を持って行った。

恐縮した作彦が、慎吾にうかがう顔を向ける。

「いただこうか」

「はい」

作彦は腹が減っていたらしく、嬉しそうに膳を受け取って料理を見ている。

慎吾も箸を取った。

千鶴が打ったそばに、海老《えび》と茄子《なす》の天ぷら付きだ。

「すまないな、とっつぁん」

「うちで遠慮はなしですよ」

「いただきます」

慎吾は手を合わせ、箸を伸ばす。揚げたての海老天をつゆに浸し、熱々を口に運んだ。

ぷりっとした歯ごたえと、海老の香りが口に広がる。

薬味を利かせたそばの喉越しがよく、

「旨い」

慎吾が言う前に、作彦の声が聞こえた。

目を向ければ、急いで食べている。

微笑んだ慎吾も箸を進め、平らげた。

「女将、ごちそうさん、旨かった」

そば湯を飲みながらしみじみ言うと、千鶴がくすりと笑う。

「慎吾の旦那の食べっぷりを見ていると、作り甲斐がありますよ」

「普段は板前の徳治《とくじ》にまかせっきりですがね。旦那がいる時は、必ずこいつが作るんでさ」

五六蔵が、少し自慢を含めて言い、強面《こわもて》の顔をにやりとさせた。

慎吾も笑みを浮かべ、ふと利円を見る。やけに静かだと思えば、利円は味を嚙みしめるように、ゆっくり食べている。膳を見れば、まだ半分も食べていない。

「おい利円、腹が減っていないなら食べてやるぞ」

すると利円は、膳をずらして慎吾に背を向けた。

「二日ぶりのまともな食事の邪魔をせんでくれ」

慎吾は驚いた。

「描けば売れるくせに、二日も食べていないのか」

「金はあるが、買い物に行く時間が惜しかったのだ」

夢中になると寝食を忘れるというのは、どうやらほんとうのようだ。

呆れた慎吾は、五六蔵と笑った。

人相書きを見た千鶴が、出来栄えに驚いた。

「へえ、今のあいだにこれだけの物を何枚も描くなんて、凄いわね。ねえお前さん、そう思わない」

「そういや、利円と会うのは初めてだったか」

「ええそうよ」

「利円はな、お武家に人気の先生だ」

「まあそうですか。ご立派なのですね」

利円はまんざらでもなさげな顔をしている。

千鶴は五六蔵にそば湯を入れてやり、絵を見ていたが、ふと思いついた顔を利円に向けた。

「いつかあたしも描いてくださいな」

五六蔵がそば湯を吹き出し、千鶴が眉間に皺を寄せる。

「汚い。どうしたのさ親分」

利円が何を得意としているか知っている五六蔵は、とんでもねえ、と怒った。

四

浜屋を出た慎吾は、手分けをして人相書きを貼るという五六蔵たちと別れて、作彦と奉行所に向かった。

詰め所に入ると、気付いた上役が渋い顔をして待っている。筆頭同心の田所《たどころ》兵吾之介《ひょうごのすけ》は臆病な気性だが、同心たちから信頼されていて、慎吾にとってもなくてはならぬ人。

慎吾は上座にいる田所の前に行くと、頭を下げた。

田所が先に言う。

「知らせは来ている。月番の初日に殺しがあるとは、ついておらぬな」

「はい」

「で、どうだった」

「殺されたのは、知っている者でした」

田所は身を乗り出す。

「どこの誰だ」

「西永代町《にしえいたいちょう》の油問屋、西原屋四八郎の長男、清太郎です。首を絞められた痕がありました」

お百合に付きまとう男の影と、探索の手筈《てはず》を告げた。

田所は満足そうにうなずく。

「早いな。よしよし。利円に描かせた人相書きは今あるのか」

「ここにございます」

何枚か持っていたのを、懐から出して差し出した。

田所は文机の上に広げ、腕組みをして長い息を吐く。

「話を聞いて若い奴かと思ったが、歳を食ってるな」

「お百合が申しますには、四十を超えた頃ではないかと」

「いい歳して若い女に付きまとった挙句に殺しとは、どうしようもねえ野郎だ。女房子供がいなければよいが」

「まったくです」

「おいみんな、ちょっと来てくれ」

田所が声をかけると、文机に向かって各々の仕事をしていた同心たちが集まった。

「今朝知らせがあった大川の死人の件だ。慎吾の調べで殺しとわかった。こいつは、下手人と思われる男の人相だ。受け持ちの見廻りがてら、番屋の者に見せて調べてくれ」

定町廻りの連中が動いてくれれば、江戸中の番屋の者が人相書きを目にする。番屋に詰める連中は、町の住人たちのことをよく知る者ばかり。人相書きのおかげですぐ見つかったことは、少なくない。

慎吾は期待し、見廻りに出かける同心たちに頭を下げた。

田所が言う。

「慎吾、ほとけさんは、西原屋が引き取ったのだな。まさか、奉行所に連れてきてはおるまいな」

慎吾の背後にいる同心たちから失笑の声が聞こえてきた。だが、幽霊の存在を信じて恐れる田所の関心は慎吾の返答のみ。失笑など気にせず、不安そうな顔で待っている。

「ご安心を。親元に返しました」

田所の顔に安堵が浮かぶ。

「そうか、ならばよい。この件は難しいことではあるまい。さっさと付きまといを見つけ出して、町の者たちを安心させてやれ」

「はは。では、探索に戻ります」

「待て。もうすぐ御奉行が御城から戻られるが、報告はどうする」

「は？」

「いや、直《じか》に御報告申し上げたいかと思ったのだ」

「与力様ではなく、御奉行にですか」

「なんとなく、松島《まつしま》様より、御奉行のほうが楽であろうかと思ってな」

「なんとなく、ですか」

「うむ、なんとなくじゃ」

含んだ物言いをする田所をじっと見つめると、目を泳がせた。

「よいのなら、探索に戻れ。松島様には、わしから伝えておく」

「はあ……では、行ってまいります」

田所の真意がわからぬ慎吾は、首をかしげながら出かけた。

田所にとって、慎吾の亡き祖父、夏木周吾は、同心の心得を学んだ師であり、親友でもある。慎吾と榊原忠之の秘密は、周吾から聞いて知っているが、固く口止めをされていることなので、奉行にも言わずに、胸の奥にしまい込んでいるのだ。

詰め所から出る慎吾の背中を見送った田所は、

「いらぬ世話であったかの」

ふっと笑みをこぼし、与力の部屋に向かった。

第三章　人相書きの男

一

清太郎殺しの下手人はすぐ捕まると思われたが、本所深川に貼り出した人相書きに手応えはなく、十日がすぎた今では江戸中に貼り出しているというのに、人相書きの男は見つからなかった。

組屋敷の寝間で、夜中に目がさめた慎吾は、清太郎が殺されるまでの足取りを知るにはどうしたらいいか考えていた。

暗かった部屋が明るくなり、やがて、雨だれの音がしてきた。

首をもたげて、雨戸を開けている寝間から外を見る。

「いよいよ梅雨入りか」

昨日からどんよりと曇り蒸し暑かったが、雨のおかげで肌寒く感じる。

夜着を腹にかけて天井を眺めた慎吾は、お百合ならば、清太郎の足取りを知っているかもと思い、訪ねてみることにした。

早々と朝餉をとり、雨の中を作彦と共に大川を渡った慎吾は、今川町《いまがわちょう》に店を構える三徳屋に行った。

清太郎が見つかった日から交代でお百合を警固している五六蔵の下っ引きは、今日は伝吉のみだ。

雨に煙る表を見張っていた伝吉が慎吾に気付き、お役目ご苦労様です、と言って暖簾を分けた。

「お前もな、伝吉。雨に濡《ぬ》れて風邪を引くなよ」

「へい」

慎吾は伝吉の肩をたたき、暖簾を潜った。

庄兵衛に訪ねた理由を告げると、途端に浮かぬ顔をした。

「旦那、清太郎さんのことは、もう訊かないでやっていただけませんか。娘はひどく落ち込んで、食事も喉を通らない始末で、とても、お役に立てないかと」

「そこを頼む。清太郎の足取りを知りたいのだ」

庄兵衛は困った顔をしたが、渋々応じ、客間に通してくれた。

待つこと程なく、母親に付き添われたお百合が来た。

顔を見た慎吾は、別人のように痩せ、やつれた様子に息を呑む。

母親と共に下座に座したお百合は、うつろな目を慎吾に向けた。

「下手人は、見つかりましたか」

「すまん、まだだ。今日は、お前さんに訊きたいことがあって来た。清太郎は、時々家を空けることがあったそうだな」

「はい」

「どこに行っていたか、四八郎は知らないと言うんだが、お前さんは知らないか」

「その人でしたら、もう江戸にはいらっしゃいません。上方《かみがた》に引っ越されました」

「いつだ」

「清太郎さんが殺される、少し前だったと思います」

「囲碁仲間だったそうだな」

「はい」

「他にも、囲碁をする相手はいたのか」

お百合は目を動かしていたが、首を振った。

「いたと思いますが、名前は聞いたことがありません」

「そうか」

慎吾は天を仰いだ。

同座していた庄兵衛が言う。

「旦那、娘がお教えした人相書きの男ですが、近頃はぱったりと、姿を見せなくなりました。あの野郎が下手人に決まっていますから、早く捕まえてください」

「その人相書きの男が見つからないから、こうして来たんだ。清太郎は、どこに泊まっていたんだろうな」

「家の者は、誰も知らないのですか」

「父親は知らないと言ったから、お百合ならわかるかと思い来たのだ」

「お役に立てず、申しわけございません」

神妙に頭を下げる庄兵衛に、慎吾は顔を上げてくれと言った。

うつむいているお百合に言う。

「辛いことを思い出させたな。すまん」

お百合は無表情で首を振る。

「清太郎のことは、もう一度西原屋に行って、家の者皆に訊いてみることにしょう。お百合、辛いだろうが、食べないと身がもたないぞ。下手人を必ず捕まえて清太郎の無念を晴らすから、親御さんを悲しませないように、前を向いてくれ」

お百合の目尻から光る物がこぼれた。

慎吾は、かける言葉が見つからず、神妙な面持ちで立ち上がり、三徳屋を辞した。

幸せを目の前にしていた乙女を不幸のどん底に落とした下手人に腹が立った慎吾は、必ず捕まえてやると自分に言い聞かせ、歩を速めて西原屋に急いだ。

作彦が前に出て、米屋の入り口に貼ってあった人相書きが斜めに垂れ下がっているのを持ち上げ、店の者になおすよう声をかけた。

糊《のり》を持って出てきた手代《てだい》に、慎吾が言う。

「すまないな。似た者を見たと言う声はないか」

三十代の手代は、眉尻を下げていないと言い、人相書きを貼りなおした。

打ちした。

慎吾は、目に焼き付けている男の顔を睨み、どこに隠れていやがる、と言って舌

同じ年頃の男に鋭い目を配りながら町中を歩き、西原屋の前まで行くと、商売を

再開していた。

主に灯明《とうみょう》用の油を扱う西原屋は、質のよい品を売るというので江戸中から小売

屋が仕入れに集まる。暮らしに欠かせぬ店だけに、人の出入りが多い。

商売をすることで、悲しみが紛れていればいいがと思う慎吾は、暖簾を潜った。

番頭の宗六《そうろく》が気付いて、帳場から出てきた。

「旦那、ご苦労様にございます。下手人が見つかったのですか」

「残念だがまだだ。今日は、皆に訊きたいことがあって来た」

「何でございましょう」

そこへ、四八郎が奥の部屋から出てきた。

神妙な顔で板の間に座している宗六の横に並ぶと、頭を下げた。

上がり框に腰かけた慎吾が、清太郎の足取りを知るために来たと言うと、四八郎

は困惑した顔をした。

「旦那、倅のことは、見つかった日に番屋でお伝えしたとおりです。どこに行っていたのか、手前にはとんと……」

慎吾は手で制した。

四八郎が、戸惑った顔をする。

「お前さんが知らなくても、他の者はどうだ。奉公人一人残らず話を訊きたい。まずは手の空いた者からでいいからここへ呼んでくれ」

慎吾は、暇そうに立っている奉公人を指差す。

「あの者からはじめようか」

「では、ここでは人目がありますのでお上がりください」

「うむ」

作彦を待たせて雪駄を脱いだ慎吾は、表の客間に案内された。

程なく呼ばれた奉公人に清太郎の足取りを訊いたが、やはり知らないという。

下がらせた慎吾は、手代から小女《こおんな》にいたるまで、十一人すべての奉公人に清太郎の行き先を訊いた。すると、手代の一人が知っていると言ったが、答えはお百合が言った者と同じで、清太郎は、友が上方へ行ってしまったことを寂しがっていたという。

饒舌《じょうぜつ》に語る手代は、さらに言う。

「でも若旦那は、お百合さんががっかりしないよう、しっかり仕事を覚えるんだって張り切られて、大好きな囲碁を控えてらっしゃいました。あの日にお帰りにならなかったのは、久しぶりだったのです」

「ふぅん、そうかい」

慎吾は四八郎を見た。

すると四八郎は、額に流れる汗を拭い、目をそらした。

「手前には、何も言わないもので……」

父親なのに知らなかったことを、恥じているようだ。

慎吾は言う。

「女房にも訊けるか」

四八郎は苦笑いをした。

「あれは旦那、ご存じのとおり後妻ですから、知るはずもございません」

「仲が悪いのか」

「いえ、そういうわけでは」

「だったら、訊いてみなきゃわからないだろう」

ここへ呼べと、畳をたたいた。

渋々応じた四八郎が奥に下がり、程なく出てきた。

後ろに続くおたみが、四八郎と並んで正座した。

大人しい女だということを知っている慎吾の目には、緊張しているように見えた。

前妻の子で跡取りだった清太郎との仲は良好だと認識しているが、血を分けた我が子が冷や飯食いでは、おもしろくなかったはず。

慎吾はつい、そういう目で見てしまう。

その気持ちが伝わったのか、おたみは慎吾と目を合わせようとしない。

「おたみ」

「はい」

「清太郎がどこに行っていたかわからないのだが、お前さん、何か知っているか」

おたみは、ちらと慎吾の膝あたりに目を向け、首を振った。

「知りません。清太郎さんは、わたしに遠慮していましたから、遊びのことも、お付き合いがある人のことも、何も言ってくれませんでした。知っていたのは、お百合さんのことだけです」

緊張はしているが、嘘をついているようには見えない。

「そうか。では、他を当たってみよう」

すると、おたみが顔を向けた。

「人相書きの男は、まだ見つからないんですか」

「ここに来る前に三徳屋に行ったんだが、清太郎が死んでからは、姿を見せなくなったそうだ」

おたみはまたうつむき、ぼそりと言う。

「自分で下手人だと白状したようなものじゃないですか。早く捕まえないから、もう江戸にはいないんじゃないですか」

四八郎が焦った。

「おい、そんな言い方は失礼だぞ」

「いや、おたみの言うとおりだ」

慎吾は四八郎に苦笑いをした。そして言う。

「では、次郎を呼んでくれ」

おたみが驚いた顔を上げた。

「あの子は、何も知りません。皆で捜していた時に何度も訊きましたが、皆目見当も付かないと言っていました」

慎吾は顔をじっと見た。

おたみは目を伏せる。

「そうか」

慎吾は立ち上がり、二人に真顔で言う。

「下手人は必ず見つける。もうしばらく待ってくれ。今日は邪魔をした」

店に出て雪駄を履き、夫婦に見送られて表に出た。

振り向いた慎吾は、揃って頭を下げる夫婦に言う。

「何か思い出したら、浜屋の五六蔵に知らせてくれ」

「承知しました」

「また寄らせてもらう」

慎吾は軽く頭を下げ、作彦と店先を離れた。

人が大勢行き交う表通りを歩き、右側に軒を連ねる商家の三軒目の、表具屋の角を右に曲がったところで、慎吾は立ち止まった。

いきなりのことで作彦が背中にぶつかりそうになり、慌てて飛びのく。

「旦那様、いかがされました」

「どうも気に入らん」

「何がです?」

「四八郎だ」

作彦が驚いた。

「まさか、父親が殺したとお疑いですか」

「そうは思いたくないが、店の者に話を訊くと言った時に見せた目の色が、どうも気になる。すまんが、五六蔵のところへ走ってくれ」

慎吾は作彦に細かいことを指図して行かせ、一人で町中を探索した。

商家を訪ね、人相書きを見せて男のことを訊いて回ったが、どの店の者も首をかしげる。

慎吾はそれでもあきらめず、知らせて戻った作彦と二人で本所まで足を延ばして、男を捜した。今のところ手がかりは、この男しかないからだ。

翌日も雨だったが、慎吾は朝から深川に渡り、清太郎が見つかった場所に立ってみた。

葉っぱを川面に投げてみれば、ゆるやかに流れていく。

慎吾は川上に顔を向けた。新大橋《しんおおはし》が雨に霞《かす》んでいる。

いったいどこで殺されて、ここまで流れてきたのか。

お百合に会いに行こうとして襲われて大川に捨てられたなら、見つかるまでには流れて海に出ているはず。

となると、堀川に捨てられて、濁った川底に沈んでいたか。

慎吾は、手がかりを見つけるために川岸に目を凝らして歩いてみた。

仙台堀《せんだいぼり》をはじめ、今川町を囲んでいる堀川をぐるりと回ってみたが、手がかりは何もなかった。通りに店を構える者たちには、五六蔵たちが聞き込みをして回り、争う声や、怪しい者を見なかったか訊いている。それでも慎吾は、もう一度訊いて回った。

なんの手がかりも得られぬまま、さらに二日がすぎた。

二

今日は久々に晴れ、蒸し暑い中を聞き込みして回った慎吾は、夕暮れ時に疲れた足を休めに浜屋へ行き、暖簾を潜った。真っ先に、明るい女の顔が目に入った。

鮮やかな青色の着物を粋に着こなし、赤い鼻緒の下駄を履いた若い娘が、慎吾を見るとにこやかな笑みを浮かべて頭を下げた。

「慎吾の旦那」

「よう。又介を迎えにきたのかい」

「はい」

「相変わらず仲がいいな」

「おかげ様で」

今年二十歳《はたち》になったおけいは、富岡八幡宮《とみおかはちまんぐう》門前にある楊枝屋の看板娘だ。一年前に又介と夫婦になったばかりで、おけいの母親と三人で、黒江町《くろえちょう》の長屋に暮らしている。

いずれは大店を持つのが夫婦の夢で、たまに慎吾が渡す小銭も、ちゃっかり貯《た》めている。

「今から帰るのか」

「それが旦那、あの人ったらいないんですよう」

「いない？」

「女将さんに訊いたら、昼前からどこかへ出かけてるんですって」

頼んだことをしているのだと察した慎吾は、

「楊枝作りの邪魔をしてすまん」

頭を下げた。

おけいは慌てた。

「よしてください。困ります」

「はい、お待ちどおさん」

千鶴が茶と菓子を載せた盆を持ってくると、驚いた。

「あら慎吾の旦那、どうしたんです、頭なんかお下げになって」

「又介を忙しくさせて、楊枝作りの邪魔をしているからだ」

「おけいちゃんが困っているから、そういうのはなしですよ。旦那にもお茶いれましょうね。それとも一本つけましょうか」

「今日は宿直《とのい》だから、お茶を頼む」

「じゃあお先にどうぞ」

千鶴はおけいの分を慎吾に出し、湯呑みを取りに戻った。

「とっつぁんは出ているのかい」

奥に声をかけると、

「人相書きの人を捜してますよ」

千鶴はそう言って湯呑みを持って出てくると、おけいと並んで座った。

作彦を隣に座らせた慎吾は、お茶で喉の渇きを潤し、千鶴に言う。

「とっつぁんは、何か言っていたか」

千鶴は眉間に皺を寄せ、首を振る。

「どこの番屋に声をかけても、みんな見たことがないらしいですよ」

「やはりそうか」

慎吾は腕組みをした。

「ここまで捜して見つからないのは、本所深川に住む者じゃないのかもしれぬな」

「家無しじゃないかって、親分は言ってましたよ」

すると、おけいが口を挟んだ。

「女将さん、うちの人も、探索に出ているんでしょう」

「親分とはいっしょじゃないよ」

「え、どこに行ったんです」

「今日は、お百合の警固か」

慎吾が訊くと、千鶴は首をかしげた。

「そっちは、伝吉と松次郎にまかせ切りです。又介は、今朝は何も言わずに出ていったんです。まあ、又介のことだから、探索しているんでしょうけど」

「伝吉と松次郎は何も言ってこないか」

「怪しい者はいないと言っています」

話しているところへ、又介が戻ってきた。

「旦那、いらしてたんですか」

「おう、ご苦労さん。ひょっとして、西原屋に行ってたのか」

「へい、昨日から探っています」

「あら、西原屋さんを探るってどういうことさ」

千鶴が訊くので、慎吾が答えた。

「おれが親分に頼んだことだ」

千鶴は驚いた。

「初めて聞きました。どうして西原屋さんを探るんです？」

「まあ、勘というやつだ。そいつを確かめたくてな」

「旦那の勘働きは鋭いって親分が褒めてましたけど、西原屋さんをお疑いで」

「同心の性《さが》だ。それで又介、おめぇはどう思う」

又介は慎吾のそばに来て言う。

「旦那がおっしゃったとおりに昨日今日と続けて四八郎を訪ね、清太郎のことを訊きましたところ、どうも、何かを隠しているような、妙な感じを受けました」

「やっぱりそうか。おめえが言うんだから間違いないな。それで、何か動きがあったか」

「いえ、後はいつものとおりで、客を送り出した時も、明るい様子でした」

「そうか。次男の次郎は、姿があるか」

「いえ、見ていません。それから、これは近所の者から聞いたことですが、四八郎は清太郎の祝言を機に隠居して、おたみと次郎を連れて箱根に移り住むつもりだったようです」

「箱根……。どうしてまたそんな田舎に」

「なんでも、四八郎の夢だったらしく、楽しみにしていたそうです」

「そいつは、気の毒なことだな」

千鶴が口を挟んだ。

「そんな人が、息子に手をかけたりしますかね。息子のことを隠しているんじゃなくて、親なのにほんとうに何も知らなくて、答えられないから動揺しているんじゃないですか」

千鶴の言うことにも一理ある。

「確かに、おれの思い過ごしかもな。勘を頼りに決めてかかるのはやめておこう。又介、今日のところは帰りな。明日からまた頼むぜ」

「でも親分がまだお帰りになっていませんから」

千鶴が手を振った。

「いいんだよ、うちの人は鉄砲玉なんだからさ。おけいちゃんと早く帰りな」

「では、お言葉に甘えて、お先に失礼しやす」

「女将さん、ごちそうさまでした」

夫婦仲良く頭を下げた。

慎吾はうなずき、戸口から出る二人を見送った。

「ほんとに可愛いお嫁さんだね。羨ましいでしょ、旦那」

千鶴が意味ありげな笑みを浮かべるので、慎吾は笑った。

「当分ないな。しかし、今日はやけに静かだな」

「珍しくお客さんが一人もいないんですよ。だから今夜は骨休めをしようってことになって、奉公人たちはみんなで、島屋《しまや》へご飯を食べに行きましたよ」

島屋と聞いて、作彦が吹き出した。去年の春のいつの日だったか、飲みすぎた慎吾の化粧騒ぎがあったのを思い出したのだ。

慎吾がじろりと睨むと、作彦は手で口を塞いだ。

そこへ、五六蔵が伝吉と松次郎を連れて帰ってきた。

「旦那、いらしてたんですか」

「うむ。ご苦労だったな、収穫はあったか」

五六蔵は首を振り、伝吉たちを見る。

「こいつらもねえようなので、今夜は連れて帰りやした」

付きまといが店にまで押し込んでは来ないだろうと、二人を迎えに行ったのだ。

「二人ともご苦労だったな。お百合の様子はどうだ」

慎吾の問いに、松次郎が答える。

「店の者の話では、ずっと部屋から泣き声がしているそうで」

「まだ八歳の弟も部屋の前から離れず心配しているし、お百合ちゃんは泣きっぱなしだし、可哀そうで、見ちゃいられませんや」

伝吉が洟《はな》をすすると、松次郎が驚いた顔を向けた。

「おめえ、いつの間に見たんだ」

「気になったから、厠を借りた時に裏に回ってみたんですよ」

「かぁ、女が絡むとすぐこれだ」

「そうじゃなくて、あっしはお百合ちゃんが間違ったことをしねえかと気が気じゃなかったんですよ」

「清太郎の後を追うってことか」

「ええ」

「母親が付いてるんだから心配ねえさ。明日からは、勝手に持ち場を離れるんじゃねえぞ」

「わかったよ……」

松次郎にきつく言われて、伝吉はふてくされた。

二人のやりとりにふっと笑みをこぼした五六蔵が、慎吾に言う。

「こんな調子です」

「人相書きの男を捕まえて話を聞かないと、この事件は先に進みそうにないな」

「西原屋も、変わったことなしですか」

「戻った又介から聞いたが、おれの勘違いかもしれん」

「そうですか」

「まあ今日は終わりだ。みんなの顔を見たことだし、宿直に戻る。付きまといは、今こそなりを潜めているようだが、そうやめられるものじゃないはずだ。野郎は必ずお百合に近づいてくる。ぬかりなく頼むぜ」

「がってんだ」

「それじゃ、また明日な」

皆の見送りを受けて、慎吾と作彦は奉行所に戻った。

三

暗いうちから目をさましたおたみは、いつものように身支度を整え、誰よりも早く台所に立った。

味噌汁《みそしる》を作りはじめた頃、豆腐屋が裏から入ってきた。

もう何十年も通っているなじみの顔に、おたみは笑みを浮かべて、同じ数を買う。

出汁《だし》の香りに誘われるように、下女たちが起きてくる。

おたみが許しているため、後から台所に入ることを悪く思わぬ下女たちは、笑顔であいさつをして、自分の仕事にかかる。

そうしているあいだに魚屋がくる。百姓娘が菜物を届け、店や客間に飾る花を売りに来る者がいる。

おたみはそれらに対応し、自分が好きな物を買い揃え、家族や奉公人たちのために忙しく働く。

塩が少なかったことを思い出したおたみは、すぐ近くの店で買い求めて帰っていた。

夜が明けたばかりの路地を歩いていると、背後から強く腕を引かれたので驚いて見ると、仙治だった。

「ちょっと来い」

仙治は深刻な様子で裏の堀端に行き、人気がないことを確かめて、おたみと向き合った。

「その後変わりはないか。お前、大丈夫か」

「それより兄さん、次郎はどうしているの」

「大人しくしているぜ」

「ならよかった」

「ところで、北町の同心や岡っ引きたちが来ているそうだな。奴らは何を言って来ているんだ」

「清太郎さんがどこに行っていたか、調べているみたいね」

「四八郎は、ほんとうに大丈夫なんだろうな」

「何が？」

「何がっておめぇ……」

「心配なのは兄さんのほうよ。下手人の人相書きの男は見つかったの？」

「方々捜しているが、どこにも見あたらねえ。ほんとうに、お百合に付きまとっていたのか」

「どういうこと」

「もし違っていたら……」

「大丈夫よ。清太郎さんがそう言っていたし、次郎だって見たことがあるんだもの。兄さんは相変わらず、臆病ね」

「おめぇ、よく平気な顔してられるな」

「当然でしょ。何も恐れることはないんだから。兄さんだって、そう言ったじゃないの。ここに来る暇があったら、早く人相書きの男を捜してよ」

「そりゃそうだが、八丁堀《はっちょうぼり》や岡っ引きが足を運んでいると聞いて、心配になったんだ。妙な考えは起こすなと、四八郎にもういっぺん釘《くぎ》を刺しとくか」

「四八郎さんは、店のことが一番大事だと言っているから大丈夫よ。安心して。それより、次郎を悪い遊びに誘ったりしないでね。四十九日の法要の時に、親戚の方々に次郎を跡継ぎにすることをお披露目するんだから」

仙治の顔が明るくなった。

「四八郎がそう言ったのか」

「当然よね。次郎しかいないんだもの。清太郎さんがあんなことになってしまったけど、西原屋はわたしが守ってきたんだから、これが本来の姿なのよ。わたしが箱根に移り住むことを気の毒がっていた奉公人たちも、変な気を遣わなくなったから楽だわ」

「そ、そうか。よし、だったらおれも、お前と次郎のためならなんでもやってやる。たった二人の身内だ、誰にも邪魔はさせねぇ」

「早く人相書きの下手人が見つかって、罰を受けてくれるといいのよ。そうすれば、四八郎さんも喜ぶから」

「わかっている」

「急いでね。それでなくても、次郎のために清太郎さんを殺めたと思う人がいるんだから」

「だ、誰だそいつは」

「世の中には、そう思いたがる人がいるの。だから、早くして」

「わ、わかった」

「これで、次郎に美味しい物を食べさせて。くれぐれも、お百合さんに会いに行かせないで。今は誰が見ているの」

「心配するな。信頼できる者が見ている」

「そう。兄さんだけが頼りだから、お願いね」

おたみは袖袋から二分判を四枚出してにぎらせ、背中を押して帰らせると、一度あたりを見て家に戻った。

裏の木戸から入ると、四八郎が立っていたので目を見張った。

「びっくりした」

胸に手を当てて言うと、四八郎は安堵の息を吐いた。

「塩屋に行ったにしては遅いから心配したよ。どうしたんだい」

清太郎がこの家からいなくなったあの日から、四八郎は臆病になっている。

おたみは微笑んだ。

「兄さんが来ていたから、少し話していました」

「仙治さんが……」

慌てた様子で裏木戸から出ようとしたため、おたみは声をかける。

「もう帰りましたよ」

「次郎は、あの子はどうしているんだい」

「仲間に見てもらっているから大丈夫だと言っていました。さ、雨が落ちそうですから入りましょう」

「ああ、わかった」

素直に従うことなんて、これまでなかった。

いちいち指図をするなと怒っていた四八郎の覇気は失《う》せ、後ろ姿がやけに小さく見える。

裏庭から居間に戻る四八郎と別れて、勝手口から台所に入ると、下女のおすえが塩を受け取りながら言う。

「女将さん、こういうこと言うと怒られるかもしれませんが、箱根に行かなくなってよかったですね。あたしたち正直、いやだったんです、女将さんとお別れするの」

清太郎が死んで戻った時は大泣きをしていたはずなのに、今は笑っている。

ほかの下女たちもそうだ。

この子たちはわたしが育てたも同じようなものだから、慕ってくれているのだ。

「次郎はまだどうなるかわからないけど、決まったら、またよろしくね」

「喜んで」

おすえが言い、ほかの下女たちも応じた。

明るい下女たちにこころが休まるおたみは、嬉しさを顔に出し、皆で朝食の支度に戻った。

四

慎吾は宿直明けで家に帰らず、作彦を連れて大川を渡って浜屋に来ていた。

千鶴が朝餉を出そうとしたが、途中の菜めし屋で腹ごしらえをしていた二人は、お茶をもらい、五六蔵と探索の打ち合わせをしていた。

「親分、てぇへんだ」

伝吉が浜屋に駆け込み、上がり框に両手をついた。

朝茶を口に含んだところだった五六蔵が、顎《あご》を引いて飲み込む。

「どうした、何があった」

「お百合ちゃんが、いなくなっちまった」

「何だと！」

遅れて入ってきた松次郎が、頭から突っ込むようにして三和土《たたき》に這いつくばった。走って戻ったらしく、大きな息をしている。

「おい松次郎、おめえが付いていていながらどういうことだ」

五六蔵が大声をあげると、松次郎は必死の顔を上げた。

「日が昇る前から店の表を見張っていたんですが、夜中のうちに抜け出していたようで、家の者が起きたらいなかったそうです」

「何時だと思ってやがる。家の者は、今の今まで気付かなかったのか」

「いえ、みんなで手分けをして近所を捜していたんですが、影も形も見当たらないので、親分に知らせなきゃと思って帰ったんです」

慎吾は立ち上がり、刀を帯に差した。

「まずいぞとっつぁん。手分けして捜そう」

「旦那、江戸は広いですから、この人数じゃ的をしぼらねえと」

「考えろ。お百合が行きそうなところはどこだ」

考えてみたらお百合のことを何一つわかっちゃいない。頭を捻《ひね》ったところで、何も出やしなかった。

慎吾は言う。

「お百合は清太郎を喪《うしな》って哀しんでいる。こういう時、女ってのはどうするんだ」

五六蔵が伝吉を見た。

「おい、おめえ女心がわかるんだろう。行きそうなところはどこだ」

「そりゃ親分、清太郎のところに決まってますよ」

「墓か」

「へい」

「よし、行ってみよう」

慎吾が先頭に立って表に出ようとしたところへ、千鶴が出てきた。

「まったく男ってのは、これだからねぇ……」

足を止めた五六蔵が訊く。

「なんだってんだ」

「あたしがお百合さんだったら、生きてる清太郎さんに会いに行きますよ」

五六蔵がぽかんとした。

「おい、わかるように言ってくれ」

するとと千鶴は、胸に手を当て目を閉じ、しみじみと言う。

「楽しい思い出がいっぱい詰まったところに行って、ここに生きてる良人《おっと》と話をするんです」

慎吾と五六蔵は、顔を見合わせた。

「いつも会っていた場所だ」

「大川です」

「いやな予感しかしない。行くぞ」

慎吾は浜屋を飛び出した。お百合が身投げをしやすまいかと案じたのだ。

「どいてくれ、どけ！」

大勢の人でにぎわう永代寺門前を駆け抜け、永代橋の袂を横切って川上に走った。

五六蔵と松次郎はとうに息を切らして脱落し、後ろにぴたりと付いてくるのは伝吉と作彦だけ。

「伝吉、先に行け」

慎吾が息を切らせながら言うと、伝吉が涼しげな顔で追い越していく。

「大きな、平らな岩があるところだ。わかるな」

「へい」

伝吉はぐんぐん足を速め、見る間に遠くなっていく。

深川佐賀町の下之橋を越え、中之橋を渡って、上之橋の手前で大川の河岸に降りたところに、平らな岩がある。

大昔に、深川一帯が葦原《あしはら》だった頃の名残《なごり》だが、治水工事の際に、あまりに大きすぎてどうにもならず、そのまま残されたといわれる岩だ。

大川の流れを分ける中洲《なかす》があり、対岸に並ぶ武家屋敷のたたずまいが景色を美しく見せる。また、川端の道からは見えにくいため、若い二人にとっては格好の場であったのだ。

慎吾は、柳の木の下で川に向いて座る伝吉に追い付いた。

「いたか」

伝吉は答えずに、こくりとうなずく。哀しげな顔で指差す先に、お百合がいた。岩の上にしゃがみ、川の流れを見つめている。

「今にも身投げしそうじゃないか」

慎吾は河岸を降りた。咄嗟に身投げされぬように、そっと近づく。

気付かないお百合の背中は、寂しそうだ。

その姿に胸が痛む慎吾は、小石を拾った。

「今日は、いい天気になりそうだな」

手が届くところに並んで座ると、石を放り投げた。ゆるやかな流れの川面に飛沫《しぶき》が立ち、波紋が広がった。

「清太郎とは、会えたかい」

慎吾が見ると、目を丸くしていたお百合が、大粒の涙を落としてうなずいた。

さすがは千鶴だ、と胸の中で思いながら、慎吾は笑みを浮かべる。

「そいつはよかったな」

「清太郎さんたら、あたしがそっちに行きたいと願っても、許してくれないんです」

岩の上から何度か身を投げようとしたが、川面に清太郎が現れ、首を横に振るのだという。

慎吾は胸が熱くなり、ぼやける目を川に向けた。

「そりゃそうさ。男ってのは、好いた女には幸せになってほしいと願うものだ」

「生きてるほうが、辛いと思ってもですか？」

「だからって、死んだら幸せになれるとは限らないだろう」

「…………」

「清太郎が止めるのは、お百合ちゃんには、生きて幸せになってほしいと思ってるからだ。その気持ちを、わかってやらないとな。さ、帰ろうか、家族が心配してるぞ」

慎吾が立ち上がると、お百合も従った。

手を引いて道に上がろうとした時、お百合が突然止まった。

慎吾が手を引いたまま見ると、お百合は顔を強《こわ》ばらせてその場にしゃがんだ。

「どうした」

「います。下手人が」

「何……」

慎吾は悟られぬようにしゃがみ、小声で問う。

「どこにいる」

「上之橋の上です」

「よし、気付かないふりをして道に上がろうか」

お百合はうなずき、立ち上がった。

手を引く慎吾は石段を上がり、橋とは逆の道を歩んだ。

上で待っていた伝吉が駆け寄る。

「旦那……」

「とっつぁんはまだか」

「はい。何してるんですかね」

「伝吉、そのまま歩きながら聞け。上之橋に人相書きの男がいる」

「えっ！」

「見るな。そこの路地を裏に回って、ひっ捕らえろ」

「がってんだ」

伝吉は先に行き、通りがかったおなごに馴《な》れ馴れしく声をかけると、戸惑う相手に構わず昼餉に誘いながら少し歩み、すっと、路地に消えた。

慎吾は、後ろを歩くお百合に話しかけるふりをして橋を見る。すると、太鼓橋のてっぺんにいる頬被りの百姓風の男は、動かずこちらを見ている。

お百合ばかりを見ているに違いなかった。

そのあいだに路地を走った伝吉が、隠れながら橋の袂に近づき、一気に走って上がる。

「お上の御用だ。ちょいと来てもらおうか」

ぎょっとした男は、伝吉の腕を振り払って逃げようとした。だが、伝吉の十手で腹を打たれ、呻《うめ》いて両膝をつく。

この時になって、ようやく五六蔵と松次郎がやって来た。気を利かせて、三徳屋庄兵衛を呼びに行っていたらしく、連れて来ていた。

お百合を見つけた庄兵衛が、手を差し伸べて歩み寄る。

「お百合、黙っていなくなるやつがあるか。みんな心配していたんだぞ」

「ごめんなさいおとっつぁん。あたし、あたし……」

顔を両手で覆って嗚咽する娘を、庄兵衛は抱き寄せた。

慎吾は鼻を指で弾《はじ》き、庄兵衛に言う。

「三徳屋、早くお百合を連れて帰れ。当分目を離したらだめだぞ」

「はい。ありがとうございます」

「おとっつぁん、下手人がいたのよ」

「なんだって！」

「お百合、まだそうと決まったわけじゃない。三徳屋、早く帰れ」

付きまといの男と顔を合わせさせまいとした慎吾は急がせた。

だが、ずっと怒りを堪えていたお百合が、止める間もなく、伝吉が捕まえた男のところに走る。

「お百合」

慎吾は止めようとしたが、お百合は男に詰め寄った。

「清太郎さんを返して。返して！」

大声を張り上げて泣き崩れるお百合を、男は悲しげな目で見下ろした。

追ってきた庄兵衛が、男を見てはっとした顔をする。

「お前さんは……」

男は何も言わず、下を向く。

慎吾は顔を覗き込み、首をかしげた。

「よく見れば、人相書きとあまり似ていないな。お百合、こいつに間違いないのか」

「はい。この人です。間違いありません。この人が下手人です」

慎吾は人相書きを出し、男の頰被りを取ってくらべた。

「似ているような、そうではないような」

「旦那、その人は下手人じゃありません」

慎吾が振り向くと、庄兵衛が焦りの表情を浮かべていた。

「どういうことだ」

庄兵衛は答えず、下を向いた。

お百合が駆け寄る。

「おとっつぁん、この人を知っているの？　下手人じゃないってどういうことなの？」

「お百合、それは……」

庄兵衛は答えようとして、辛そうに目を閉じて下を向いた。

お百合が腕をつかんで揺する。

「ねえおとっつぁん、教えて」

庄兵衛は必死に問うお百合の手を放してどかせ、男に歩み寄った。

「人相書きを見てもしやと思っていたが、平作《へいさく》、やはりお前、戻っていたのだね」

平作と呼ばれた男は、顔を背けたまま答えない。

慎吾は庄兵衛に問う。

「おい答えろ。知り合いなのか」

すると庄兵衛は、申しわけなさそうに深々と頭を下げた。

「旦那、道ばたで話すことじゃありませんので、どこか人がいないところへお願いします」

「近くだと番屋だが、どうだ」

「よろしゅうございます。お百合を家に連れて帰り、足を運ばせていただきます」

何か深い事情がありそうだと思った慎吾は、伝吉と松次郎に言う。

「お前たちがお百合を家に送って行け。庄兵衛、おれと番屋に来い。とっつぁん、平作を頼む」

応じた五六蔵が、伝吉に代わって平作の縄を引き、近くの自身番に向かった。

お百合に、もう勝手に出ないと約束させた慎吾は、庄兵衛を促し、五六蔵の後に続いた。

五

「庄兵衛、聞かせてもらおうか。この男は何者だ」

「へい……」

庄兵衛は返事をしたが、戸惑っている。

慎吾は、土間に正座している男を見た。

「平作とやら、どうしてお百合に付きまとう。惚れているのか」

平作は髭《ひげ》が伸びた口を一文字に引き結び、日に焼けた顔に哀愁を浮かべている。

「おい二人とも、旦那の質問に答えろ」

五六蔵が怒った。

「庄兵衛、こいつを知っているなら、素性を旦那にお教えしねぇか。こいつには清太郎殺しの嫌疑がかかってるのを知っているだろう。おめぇまさか、かばい立てする気か」

庄兵衛は慌てた。

「いえ、決してそのようなつもりは、ただ、お百合に付きまとっていたのが平作なら、下手人じゃありません」

慎吾は厳しい目を庄兵衛に向けた。

「どうしてそう言える」

「平作が、お百合の幸せを願う者だからです」

慎吾は平作を見た。眉間の皺が深く、頰にも染みがある。察した慎吾は、庄兵衛に訊く。

「そいつはつまり、お百合と深い縁があるということか」

「それは、その……」

庄兵衛は表情を曇らせ、うつむいた。

煮え切らぬ庄兵衛に、慎吾は言葉を選んだ。

「いいか、お百合はな、平作が自分に付きまとい、清太郎を殺したと言ってるんだ。平作、お前いい歳してお百合に片想いをするあまり、許嫁の清太郎を恨みに思ったのであろう。邪魔者を殺して、お百合を自分のものにしようとしたのではないか」

平作は驚いた。

「違いますす。わたしは殺してなどいません」

「だったら、なぜ付きまとった」

「そ、それは……」

慎吾は庄兵衛を見た。すると庄兵衛は目を合わさず下を向く。

「二人してまただんまりか。よしわかった。とっつぁん」

「へい」

「平作を、油問屋西原屋四八郎の息子清太郎を殺めた下手人として、牢《ろう》屋敷に連れて行くぞ」

「お待ちください。平作は決してそのようなことはいたしません」

尻を浮かせて懇願する庄兵衛に、慎吾はため息を吐《つ》く。

「いい加減教えたらどうだ。お前が道ばたじゃ言えないと言うからここへ来たんだぞ。家のほうがいいなら、今からでも行くがどうだ」

「いえ、ここのほうがようございます」

「だったら教えろ」

「わかりました。すべてお話しします」

「旦那様……」

「いいんだよ、平作」

平作は膝の上に置いていた手をにぎり締め、うつむいた。

「この者は以前、手前どもの店で働いていたのでございます」

庄兵衛は真っ直ぐな目を慎吾に向けて、ゆっくりと話しはじめた。

二十五年も前になる。

三徳屋で手代をしていた平作は、おみちという下女と恋仲になり、密《ひそ》かに睦んでいた。

若い二人が恋仲になったのだ。正直にあるじに打ち明けて、所帯をもたせてもらえばすむことだが、そうはいかない事情があった。三徳屋は住み込みの奉公人が多い。そのため、店の風紀が乱れることを嫌った先々代の方針で、奉公人同士が恋仲になることを厳しく禁じていたのだ。

禁じられた恋をする二人は、人目をはばかって会うたびに想い合う気持ちが強くなり、深く結ばれるようになった。若い男女が結ばれるのだから、そのうちおみちの腹に、子ができてしまった。そんな時、平作が番頭に出世する話が持ち上がった。

せっかくの話がだめになり、店を追い出されることを恐れたおみちは、平作を想うあまり、子ができたことを黙っていた。だが、腹が大きくなるのを隠し通せるはずもなく、店の者に知られ、当時跡を継いだばかりだった庄兵衛の耳にも入った。父親から受け継いだ店を盛り上げようと張り切っていた矢先のことだったため、怒った庄兵衛は、おみちを問い詰めた。

だが、おみちは言わない。

「相手の名前を正直に言えば、お前と子供だけは、面倒をみてやるから」

庄兵衛は怒りを抑え、そう説得したが、おみちは頑《かたく》なに拒んだ。

店の者の噂を聞いた平作は、おみちが追い出されると思い、その日のうちに置手紙をして、姿を消したのだ。

話を聞いた慎吾は、五六蔵と目を見合わせた。そして確かめる。

「まさか、おみちが産んだ子が、お百合なのか」

「はい」

「どうして三徳屋の娘になっている」

「おみちは、お百合を産むとすぐ死んでしまったのです。里子に出そうとしたのですが、おみちが可哀そうで、できませんでした。三歳になった時に、手前ども夫婦はまだ子宝に恵まれていなかったものですから、先のことを心配して、我が子として育てることにしたのでございます」

子を残して死んだ母親は、さぞ無念だっただろうと思った慎吾は、神妙にうなずいた。そして、おみちを想い身を引いた平作に問う。

「お前さんは、そのことを知っていて、陰から見ていたのか」

正座している平作は、はいと言って頭《こうべ》を垂れた。

「上方に逃げたわたしは、生涯会うつもりはなかったんです。でも、この歳になって、生きているうちに一目会いたくて、娘にどうしても会いたくて……」

「それで、江戸に戻ったのか」

慎吾の言葉に、平作はこくりとうなずく。

慎吾は疑問をぶつけた。

「生まれる前に江戸を去ったお前が、どうしてお百合のことを知っているんだ」

「それは……」

口籠《くちご》もる平作に、庄兵衛が言う。

「人を雇って、調べたんだろう」

「……………」

「そうなのか?」

慎吾が問うと、平作は庄兵衛に向かって両手をつき、肩を震わせた。

「すみません。今さら名乗り出るつもりは、まったくなかったのでございます。ただただ、幸せそうなお百合さんを見ていたかっただけなのです」

庄兵衛は座敷から降り、土下座する平作の前に膝をついた。

「頭を上げておくれ。あやまらないといけないのは、わたしのほうだ。あの時はわたしが馬鹿だった。頑固に厳しくしたばかりに、お前たちの幸せを奪ってしまったのだから。さ、もう顔を上げておくれ」

両肩をつかんで起こした庄兵衛が、平作の痩せ細りように目を見張った。

「平作、お前、どこか具合でも悪いのかい」

平作は黙って頭を下げ、これまでの勝手を詫びるばかりだ。

「どうなんだい平作。さっき、生きているうちに会いたかったと言ったのは、先が長くないという意味なのかい」

「わたしのことは、いいんです」

「やっぱり病なんだね。そうなんだね」

「旦那」

五六蔵に言われて、慎吾はうなずく。

「平作、お前さんが下手人じゃないことはわかった。帰ってもいいぜと言いたいところだが、放ってはおけぬ。住まいはあるのか」

「いえ、うち捨てられた屋形舟で寝泊まりしております」

「どうりで、家という家を捜しても見つからないはずだ。梅雨の長雨が続く中、舟で寝起きしたのでは身体に毒だ。五六蔵の女房が旅籠をやっているから、そこへ泊まれ」

「いえ、そんな銭は持っていませんので」

五六蔵が歩み寄る。

「そんなことは心配するな。部屋は余ってるから来なよ」

「どうぞ、ご心配なく」

拒む平作に、庄兵衛が言う。

「平作、梅屋敷《うめやしき》近くの寮は覚えているね」

「はい」

「そこを使うといい。わたしが馬鹿だったせいで長年苦労をさせたんだ。それくらいのことはさせておくれ。お百合に世話をさせよう。親子で過ごすといい」

「いけません。あの子はわたしのことを知らないんですから、今さら言うのは、酷《ひど》うございます」

「嫁入りを機に、言おうと思っていたんだからいいんだ」

「おやめください。わたしは、医者から新年を迎えられないと言われています。それでなくても悲しんでらっしゃるお嬢様が、わたしのような者が実の父親だと知ればよけいに悲しまれます。大人になったあの子を見られただけで十分ですから、どうか、このまま逝かせてください」

「どうしても、名乗らない気かい」

「そのほうが、お嬢様にとって幸せですから」

庄兵衛は、平作の意を汲《く》み従った。

「わかった。でも、せめて面倒をみさせておくれ」

平作は首を横に振る。

「お気持ちだけ、ありがたくお受けします」

泣き崩れる平作を見下ろしながら、慎吾は作彦に、筆と紙をよこせと言った。

渡された帳面に、霊岸島川口町《れいがんじまかわぐちちょう》の医者、国元《くにもと》華山の名前と在所を記して千切ると、庄兵衛の背中をつついた。

振り向いた庄兵衛に、ここに連れて行け、と目顔で言い、紙を渡した。

華山の名を見た庄兵衛は、うなずいて紙を収め、平作をいたわった。

「とっつぁん、一から洗い直さなきゃだめだ。報告を兼ねて西原屋に行き、もう一度清太郎の足取りを確かめよう」

「わかりやした」

「平作、身体を厭《いと》えよ」

手を合わせる平作にうなずき、慎吾は自身番を出た。

第四章　悪の連鎖

一

慎吾が西原屋の暖簾《のれん》を潜《くぐ》ったのは、日が西にかたむきはじめた頃だ。

店は繁盛して忙しそうだったが、番頭の宗六がすぐに気付いて、帳場から出てきた。

「旦那、お勤めご苦労様です。今日は、五六蔵親分までお揃《そろ》いで、ひょっとして、下手人が捕まったのですか」

先回りをして訊《き》く宗六に慎吾は首を振る。

「そのことで、今日はあるじ夫婦に詫《わ》びに来た。いるか」

「はい、ただいま呼びますが、いったい……」

何ごとかと問う顔をする宗六に、慎吾は、いいから呼んでくれと言った。

宗六は客の目を気にして、慎吾に上がってくれと言う。

応じた慎吾は作彦を店に待たせて、五六蔵と上がった。

通された客間で待つこと程なく、四八郎とおたみが来た。

「そこへ座ってくれ」

慎吾は前を示し、夫婦が座ると、頭を下げた。

「すまん。下手人を捕らえるのが遅くなる」

四八郎とおたみは顔を見合わせ、四八郎が言う。

「旦那、頭をお上げください。いったい、どうされたのです」

顔を上げた慎吾は、神妙に言う。

「とんだ思い違いだ。お百合に付きまとっていた人相書きの者は、下手人ではなかった」

「そ、そんな。しかし、お百合ちゃんは確かにあの時、付きまといの男がやったに違いないと言ったではありませんか」

「お百合の思い込みだ。お百合と清太郎の幸せを願いはしても、殺したりする者ではない。真っ白だ」

「そ、そんな。それじゃいったい誰が、清太郎を殺したんですか」

「そこだ。振り出しに戻ってしまったから、また一から調べなおす。誰か思い当たる者はいないか。おれは、怨恨の筋だと睨《にら》んでいる」

「誰かに恨まれているということですか」

四八郎は考え、首を振る。

「誰かに恨まれるような子じゃありません」

慎吾はおたみを見た。

目が合ったおたみはすぐにそらし、下を向いた。

「おたみ、誰か思い当たる者がいるのか」

慎吾が問うと、おたみは下を向いたまま言う。

「てっきり、付きまとっていた人だとばかり思っていましたから、急に言われても。それに清太郎さんは、わたしには何も言ってくれませんでしたから」

「継母だから、うまくいっていなかったのか」

この家の事情を知っている慎吾は、気になって口が滑った。

「すまん。言いかたが悪かった」

「いえ、ほんとうのことですからいいんです」

おたみは顔を上げてそう言ってくれたが、慎吾はばつが悪かった。

おたみが怒っていないか気になり、じっと顔色を見ていると、四八郎の落ち着きがなくなった。

「旦那、まさか、手前どものことを疑っておられるのですか」

慎吾は四八郎を見た。

「おれが？　どうして」

「わたしたちを見る目が、なんだか厳しいものですから」

慎吾は微笑《ほほえ》んだ。

「それは違う。気づかいが欠けたことを言ってしまって、悪いと思っているからそのように見えただけだろう。おたみ、すまんことを言うた」

「どうかもう、お気になさらずに」

おたみは笑みを浮かべた。その安堵《あんど》した面持ちが、慎吾はふと気になったのだが、見つめればまた四八郎が不安がると思い、膝に視線を下げた。

おたみは、膝の上で手を重ねているが、左手に重ねている右手の指が甲に食い込むほど、強くにぎられている。

まだ怒っているのか、それとも、緊張しているのか。

顔色を見ようとふたたび見ると、おたみは下を向いた。

「話は、それだけですか」

遮るように、四八郎が言う。

「これから店が忙しくなりますから、ほかになければ、これで」

「すまん。手間を取らせたな。清太郎と付き合いがあった者を調べにかかるが、何か思い出したら教えてくれ。幸せ間近だった二人を不幸のどん底に落とした下手人は、何年かかろうが必ず見つけ出して罪を償わせる。辛《つら》いだろうが、待っていてくれ」

「わかりました。よろしくお願いします」

四八郎が言い、夫婦揃って頭を下げるのに両手をついた慎吾は、五六蔵と店に出た。

宗六の見送りを受けて表に出た慎吾は、表具屋の角を右に曲がったところで立ち止まり、振り向く。

どうしたのか、という顔をしている五六蔵と作彦に問う。

「おれの目つきは厳しいか」

「いいえ、いつもと同じお優しい目ですが」

即答した作彦は、五六蔵を見た。五六蔵はうなずいたが、一歩前に出る。

「四八郎が言ったことが気になりますか」

「うむ。何か隠しごとがあるから、おれの目がそう見えたのだろうか」

「どうでしょうね。下手人だと思っていた人相書きの男がそうじゃなかったと言われて、疑われていると思ったのかもしれませんね。こっちが質問しただけで、疑っているのか、とつっかかる者もいますから」

一度は四八郎を疑ったことがある慎吾だ。どうにも気になったが、二度とへまは許されない。ここは慎重になるべきと自分に言い聞かせ、五六蔵に笑みを浮かべる。

「そうだな。がっかりして、腹も立っただろうから、そう思ったんだろう。おれはこれから、上役に報告しに奉行所に行く。とっつぁんはすまないが、町に貼ってある人相書きをはずしてくれ」

「承知しました」

「作彦、お前も手伝え」

「わかりました」

慎吾は二人と別れて、奉行所に戻った。

二

夕餉《ゆうげ》のおかずに使う菜物を自ら買いに出かけていたおたみは、町角で五六蔵が下っ引きたちに指図をしているのを見かけて、慌てて別の路地に入った。板壁の端から顔を出して見ると、五六蔵から離れた下っ引きたちが、西原屋のほうへ走って行った。

五六蔵が去るのを待って表通りに出たおたみは、西原屋に帰った。表には、下っ引きたちの姿は見えない。裏を一回りしてみたが、どこにもいない。うちを見張っているわけではないのか。

そう思い裏木戸から入ろうとしたおたみの目の端に、ちらと人影が映ったように思えて顔を向ける。だが、板塀の先に人影はない。

でも確かに影があったはず。

おたみは中に入って戸を閉め、台所に走り込んだ。

米を炊く支度をしていたおすえが振り向き、おかえりなさい、と笑顔で迎える。

「おすえ、すまないけどこの野菜を洗っておいてちょうだい」

持っていた笊《ざる》ごと渡したおたみは、店に出て四八郎の袖を引いた。

「ちょっと、奥へ来てください」

手代と商売の話をしていた四八郎は、前ならば邪魔をするなと怒っていたが、素直に従った。

自分の部屋に招き入れたおたみは、蒸し暑い日だというのに外障子を閉め、四八郎に言う。

「やはり疑われています」

四八郎は驚いた。

「どうしてそう思う」

「思ったんじゃなくて、この目で見たのです。五六蔵親分の手下が、この家を見張っています。夏木様は、わたしたちを疑っているに違いありません。あの人は、何年かかっても清太郎を殺した下手人を見つけると言ってました。このままでは、わたしたちは終わりです。何か手を打たないと」

「どうやって」

「夏木様に、付届けをお渡しするのはどうですか」

「だめだ。あの人は金を受け取らないことで知られている。だいいちそんなことをすれば、ますます疑われるぞ」

「どうしましょう。どうしたらいいと思いますか」

「そう焦るな。まだわたしたちを疑っていると決まったわけじゃないんだから」

「いいえ、疑っているに決まってます。早くどうにかしないと、ばれてしまいますよ」

障子の外で、何かが落ちる音がした。

はっとして振り向いたおたみが障子を開けると、野菜を洗っているはずのおすえが、笊から落ちた桃を拾っていた。

おたみはしまったと思った。清太郎の仏前に供えるために買うことを知っていたおすえが、笊に移して持って来たのだ。

「おすえ、ありがとう」

優しく声をかけて手を差し伸べると、おすえは怯《おび》えたように身を引いた。

やはり聞いていたのだ。

おたみはあたりを見て人がいないのを確かめると、おすえの手をつかんで中に引き入れた。

「女将《おかみ》さん、あたし、誰にも言いませんから」

怯えてうつむいているおすえ。

おたみは四八郎に障子を閉めるよう、目顔で指図した。

応じて障子を閉める四八郎を横目に、おたみはおすえの手から桃の笊を取り、四八郎に渡した。そしておたみを座らせた。

「ゆっくり話しましょう。そうだ、桃をいただきましょうか。わたしがむいてあげるから、待っていて」

そう言いながら、いきなり襲いかかった。

首を絞められたおすえは、うっ、と声をあげて仰向《あおむ》けに倒れた。

目を見張った四八郎は、動けずにいる。

「旦那様、よろしいですか」

廊下から手代が呼ぶ声がした。

おたみは首を絞めたまま、放そうとしない。

おすえは助けを求めて足をばたつかせた。

「今行くから店で待っていなさい」

四八郎は大声で答え、おすえの足を押さえた。

「わかりました」

手代の声は、部屋から離れたところでしている。

「すまない。恨まないでおくれ」

四八郎は泣き声で言ったが、おたみは鬼の形相だ。

抗《あらが》っていたおすえは、目がうつろになり、やがて、全身の力が抜けた。

それでもおたみは、歯を食いしばり、首を絞め続けている。

四八郎はおたみの手をつかんだ。

「とんだことになってしまった……」

はっとした顔をしたおたみは、自分の手を見つめた。可愛《かわい》がっていたおすえの顔に両手を差し伸べ、見る間に目に涙が溜《た》まって頰をつたう。

「おすえ、おすえ！」

身体《からだ》を揺すったが、おすえは生気のない目を天井に向けたまま、びくとも動かない。

気が動転したおたみは、四八郎に背後から抱き寄せられた。

「大声を出すな。皆に聞かれる」

おたみは腕にしがみついた。

「どうしよう。わたし、どうすればいいの」

「落ち着きなさい。死んだ者は生き返らないんだ。とにかく、今は隠さないと。押し入れを開けなさい」

おたみは言われるまま、押し入れの襖《ふすま》を開けた。

四八郎は、小柄なおすえの脇に両手を入れて引きずり、中に押し込んで、布団で隠した。

「お前はこれから、仙治を呼びに行きなさい。あの者に頼るしかない」

「でも、五六蔵親分がいるわ」

「見張っていたとしても、お前がしたことなんてわかりゃしないんだ。仙治さんには人相書きのあてがはずれたこともよく言って、助けてもらうんだ。くれぐれも、次郎には聞かれないように、いいね」

おたみはうなずき、すぐに動いた。

路地へ顔を出してみたが、見張っている者はいない。表通りに出ても、それらしい人影はなかった。

仙治の家に急いでいると、五六蔵の手下が目の前を横切ったのではっとしていると、その者たちは店の軒先に行き、人相書きを剝がした。

下手人の疑いが晴れて、剝がして回っていたのだと知ったおたみは、自分が早合点したせいで、おすえを死なせることになったと気付き、涙が止まらなくなった。

もうおしまいだ。兄さんを頼ったところで、逃げられるわけない。

絶望し、目まいがした。

それでも、おたみは足を運び、仙治の家の戸をたたいた。

「誰だ」

中からした男の声に、

「たみです。急いで兄に話があります」

そう言うと、人が近づく気配がして、戸が開けられた。

鋭い目つきの痩せた男を、おたみは見たことがない。

「どうした」

その男の背後に来た仙治は、眉間に皺《しわ》を寄せる。

「ひでぇ面をしてやがる。また何かあったのか」

「次郎に聞かれたくないの」

そう言うと、仙治は痩せた男に何か告げて、出てきた。路地に人気《ひとけ》がないのを確かめ、何があったのか問う。

おたみは、震える身体を自分で抱くように腕を交差させ、下女を殺してしまったことを話した。

仙治は舌打ちをした。

「馬鹿野郎。傷口を広げやがって」

「兄さん。わたし、この足で自身番に行くから、次郎をお願い」

「何を言ってやがる。おめぇが自訴したら、縁坐《えんざ》で店は闕所《けっしょ》だ。次郎のことを考えろ。跡を継がせたいんだろう」

「でも、このままじゃ……」

「心配するな。今いた人な、あの人は、おれが世話になっているお方の手下だ。今から相談して知恵を授かるから待ってな、いいな、ここを動くんじゃねぇぞ」

おたみがうなずくと、仙治は家の中に入った。

話し声が聞こえるが、何を言っているかまではわからない。

気になったおたみは戸口に近づいた。だが、声がさらに小さくなり、聞き取れない。

戸に手をかけ、少し開けた。

「兄さん？」

「今話しているから待ってろ」

言われるまま、おたみは戸を閉めて離れた。

四半刻《しはんとき》（約三十分）もしないうちに、仙治は出てきた。

「行くぞ」

仙治の目つきが、鋭くなっている。腹が据わっている証《あかし》だと、おたみにはわかる。

足早に路地を進む仙治に、おたみは駆け寄って訊く。

「ねえ兄さん、どうするつもり」

「今から言うとおりにしろ。そうすればうまくいく」

仙治はおたみの手を引いて横に並ばせて歩きながら、これからすることを詳細に告げた。

西原屋の裏木戸から中に入ったおたみを待っていたのは、おすえと共に働く下女だ。

「女将さん、おすえを知りませんか。あの子ったら、野菜も洗わないでいなくなったんです」

後に続いて仙治が入ると、下女は笑顔で頭を下げた。

おたみは、動揺を顔に出した。違う意味で。

「桃を届けに来た時落としてしまったから、主人に叱られたのよ。あの子はああ見えて後に引きずるから、自分の部屋に引き籠もっているのかしら」

「それが、いないんです」

「変ね。飛び出したのかしら」

「まさか、黙って出かける子じゃないです」

「でも主人が叱ったから心配だわ。町を捜してみてちょうだい」

「わかりました」

下女は頭を下げ、外に出ていった。

おたみは仙治を促し、裏庭から自分の部屋に入った。

押し入れの襖を開け、おすえを見せた。

無言でうなずいた仙治が、顎で指図する。

言われるまま店に出たおたみは、気付いて怯えた顔をする四八郎を手招きした。

すぐに来た四八郎に、耳打ちする。

「わかった。今からかい」

「ええ、お願い」

うなずいた四八郎が帳場に行き、大事な話があるから皆を集めてくれと番頭に告げた。

応じた番頭が奉公人たちに言う。

「お客様のお相手をしていない者は集まっておくれ。誰か、台所にも声をかけてくれ」

おすえ以外の奉公人たちが集まるのを見届けたおたみは、急ぎ部屋に戻った。

待っていた仙治にうなずく。すると仙治は押し入れからおすえを出して、小袖の帯を解いておたみに渡すと、骸《むくろ》に手を合わせてから肩に担いだ。

先に廊下に出ていたおたみは、仙治を裏庭の奥に連れて行き、鍵がかかっていない物置小屋の戸を開けた。

中を見上げた仙治が、梁《はり》を指差す。

「足場になる物を使って、あそこに帯をかけろ」

おたみは木の床几《しょうぎ》を見つけて、帯をかけた。

「お前が首をくくるつもりで結べ」

「はい」

おたみは必死だった。早くしないと、四八郎が皆を引き止めるのにも限界が来る。

震える手でなんとか結び、言われるとおりに、力を込めて引いた。

「よし、降りろ」

床几から降りると、仙治がおすえを脇に抱えて上がり、帯に首をかけた。

もう見られなくなっていたおたみは、震える手を合わせ、あやまるばかりだ。

「成仏して、お願いだから。次郎のためなの」

「何をぶつぶつ言ってやがる。出るぞ」

腕を引かれて目を開けたおたみは、ぶら下がっているおすえを見てしまい、腰を抜かした。

支えた仙治が、

「おめぇがやったんだろう」

怒気を込めた声で言い、おたみは外に引き出された。

「泣くな。早くしろ。いいか、奉公人たちの前で泣くのは、ほとけが見つかってからだ」

「はい」

「おれは行くが、大丈夫か」

おたみは、次郎のためだと自分に言い聞かせた。

「もう大丈夫」

答える顔を見ていた仙治は、よし、と言って、裏木戸に向かって走った。

三

上役の田所は、渋い顔をした。

「付きまといの男が、お百合の父親だったとはな。これからどうする。交友者を探るか」

「人相書きの男を捜しつつ、近所で付き合いがあった者は調べていましたが、今のところ怪しい者はいません」

田所は腕組みをして、文机《ふづくえ》に視線を落とす。

「江戸で起きる殺しの半数は、縁戚者の仕業だ。疑ってみたらどうだ。西原屋は、莫大《ばくだい》な財があると聞く。表に出ておらぬだけで、跡取りをめぐる争いがあったかもしれんぞ」

慎吾はうなずいた。

「ではこれから戻って、跡目争いのことを問うてみます」

「今から行くのか」

「店を閉めた後のほうがじっくり話を聞けますので。その後は、深川で夜の見廻《みまわ》りをします」

「うむ。人手がいるようなら言え。すぐに送ってやる」

慎吾は頭を下げ、奉行所を出た。

永代橋を渡る頃にはすっかり日が暮れ、ちょうちんを持っている町人の後ろに続いて歩いた。

作彦は今どこにいるかわからないため、一人で西原屋に向かう。

表の戸は閉められていた。

戸をたたいて声をかけたが返事はない。

遅すぎたかと思いつつ道を戻り、裏手に続く路地に入った。

西原屋は三軒先だ。長く続く板塀に挟まれた路地は、商家の掛け行灯《あんどん》で明るい。

歩きながら前を見ると、木戸から人が出てきた。こちらに向かって走りはじめた顔に、慎吾はいぶかしむ。

「作彦じゃないか。お前ここで何をしている」

驚いた顔で一度止まった作彦が、走って来た。

「旦那様、丁度知らせに行こうとしていたところです」

「西原屋で何かあったのか」

「はい。下女が物置で首をくくっているのが見つかりました。名主の家に人相書きのことを告げに行っていた時に知らせがあり、来ていました」

「名主はまだいるのか」

「はい」

「自害に間違いないのか」

「名主はそう見ておられます」

「そうか。とっつぁんは」

「まだ人相書きを集めています」

「では行こうか」

慎吾は作彦を連れて西原屋に急いだ。

中に入って裏庭に行くと、手代に案内されて帰ろうとしていた名主が気付き、廊下に正座して頭を下げた。

「夏木様、わざわざご苦労様です」

慎吾は濡《ぬ》れ縁に歩み寄る。

「自害があったそうだな」

「はい」

「ご苦労だった。一応検《あらた》めるが、お前は帰っていいぞ」

「では、失礼します」

初老の名主は付き合うとは言わず、そそくさと帰っていった。

目で追っていた慎吾は、面倒なことが嫌いな名主に一つ息を吐き、廊下で泣いている下女に目を向けた。

明かりが漏れている部屋の前にはほかにも何人か奉公人がおり、皆正座してうなだれている。

慎吾は、一人離れたところで泣いている下女を見ながら、作彦に問う。

「死んだのは誰だ」

「おすえです」

明るい笑顔が頭に浮かんだ慎吾は、驚いた。

「あの娘が自害だと？　店の者は、思い当たることがあると言っていたか」

「いえ、信じられないと口を揃えます。あそこで泣いている娘は、特に仲がよかったらしく、ずっとあの調子です」

「可哀《かわい》そうに」

重たい気持ちを吐き捨てるように言った慎吾は、部屋の前まで歩んだ。

「おすえ！　どうして！」

おたみが、物言わぬおすえの傍《かたわ》らに突っ伏して嗚咽《おえつ》した。

それに誘われるように、奉公人たちから悲しみの声が漏れてくる。

庭にいる慎吾に気付いた四八郎が驚き、奉公人たちを分けて廊下に出てきて正座した。

「旦那、お騒がせをしました」

「いいんだ。清太郎のことで訊きたいことがあって来たんだが、とんだことだったな。拝ませてもらうぞ」

「どうぞ、お上がりになってください」

雪駄《せった》を脱いで上がり、おすえの枕元に座して手を合わせた。

白い布を取って顔を見る。おすえは、穏やかに眠っているようだった。

首には痣《あざ》があるのだろう。人目に触れぬよう、白い絹が巻いてある。

慎吾がその絹に手を伸ばそうとすると、四八郎が声をかけてきた。

「旦那、おすえを死なせてしまったのは、わたしのせいかもしれません」

慎吾は手を止め、振り向いた。

「どういうことだ」

「清太郎の仏前に供えるつもりだった桃を落として傷つけてしまったのを、ついかっとなって、厳しく叱ったからです。おすえはご存じのとおり明るい気性の子でしたが、女房が言いますには、叱られると考え込んでしまうところがあり、酷《ひど》く落ち込んでしまったのかもしれません」

四八郎はそう言うと、目尻を着物の袖で拭った。

慎吾は言う。

「すまないが、首を吊《つ》った物置を見せてくれ。おれが来たからには、奉行所の上役に報告しなければならんのだ」

「ご案内します」

四八郎に続いて立ち上がる時、慎吾はちらと、おたみを見た。

膝に両手を置き、顔を伏せたままのおたみは、こちらを見ようともしない。

泣き顔を見られたくないのかとも思う慎吾は、四八郎の案内で物置小屋に入った。

おすえが首を吊っていたという梁には、擦れた跡がある。

「何で首をくくったんだ」

「自分の帯です」

「遺書は」

「何もありません」

「叱られて、急に死にたくなったか」

遺書も何もない自殺は、慎吾も幾度か見てきている。だが、首を隠されていることがどうも気になり、おすえのところに戻った。

おたみはおすえから離れておらず、慎吾が枕元に座ると、緊張したように思えた。

様子を見ていた慎吾は、おたみに言う。

「一応、検めさせてもらうぞ」

首の絹を取った慎吾は、おたみに目を向けた。

「白粉《おしろい》を塗ってやったのか」

おたみはちらと、赤くした目を向けて、すぐに伏せて顎を引く。

「可哀そうでしたから」

「そうか」

慎吾は首に手を当てた。まだ温かみが残る肌には、帯で首を吊ったにしては、気になる痣が浮いている。それはまるで、おすえが訴えているように思えてならない。

首を吊って自ら命を絶った者を何人も見てきている慎吾は、疑わずにはいられない。

「すまんが、化粧を落としてくれ」

そう言って顔を上げると、おたみは目を見開いていた。

四八郎が言う。

「旦那、どうしてです」

「化粧でよく見えないからだ。上役は細かい人でな、どのような痕が付いていたか絵を描いて報告しないと、おれが叱られるんだ」

真っ赤な嘘《うそ》だが、四八郎は信じ、おたみを促した。

応じたおたみは、下女を呼び、首の化粧を落とすよう指図した。

程なく露《あら》わになった首の痣を確かめた慎吾は、帯でくったのではないことを確信したが、口には出さず、また四八郎を問い詰めず、哀れなおすえに手を合わせた。

「親元に返すのか」

誰の目も見ずに問うと、四八郎が答えた。

「この子は身寄りがありませんから、手前どもの菩《ぼ》提寺《だいじ》で弔います」

「後悔しているなら、手厚く供養してやることだ」

厳しい目を向けると、四八郎が息を呑《の》む面持ちをした。

「叱ったことをだ」

慎吾が付け足すと、四八郎は安堵した面持ちに変わり、はいと答えた。

こころの動きを見逃さぬ慎吾は、おたみを見た。

おたみは、ずっと下を向いて目を合わせようとしない。

慎吾は四八郎に言う。

「今日は、清太郎のことで訊きたいことがあったのだが、日を改める。おすえの弔いが終わったら、すまんが奉行所まで足を運んでくれ」

「承知しました」

慎吾は立ち上がり、西原屋を後にした。

「作彦、腹が減ったな。むらくもに行こうか」

「はい」

重い気持ちのまま夜道を歩いた慎吾は、永代橋の袂《たもと》にあるむらくもの暖簾を潜った。

酒も出す店は繁盛していて、酔客の声が耳にうるさい。

小女《こおんな》のおすみが来て、笑顔で言う。

「五六蔵親分さんたちが、いつものところにいらっしゃいますよ」

「そうか」

慎吾は笑みで応じて、奥へ入った。

五六蔵と伝吉たちが陣取り、そばを食べながら酒を飲んでいる。慎吾が声をかける前に気付いた五六蔵が立ち上がった。

「旦那！　こっちです」

伝吉に場を空けさせた五六蔵が手招きする。

慎吾は五六蔵の前に座り、人相書きの回収が終わった報告を受け、労《ねぎら》いの言葉をかけた。

「それで旦那は、今日も夜回りですか」

「そのついでに西原屋に行ったんだが、思ってもなかったことが起きていた」

おすえのことを教えた慎吾は、注文を取りにきた小女にざるを頼み、続きを話した。

「首を吊ったことになっているが、あれは、殺しだ。首の痣のほかに、このあたりに擦り傷があった」

慎吾は自分の耳の下を触って見せた。

「殺した後で吊《つる》す時にできたか、抗って付いたに違いない」

五六蔵が身を乗り出した。

「誰がやったと思います」

「わからぬ。が、四八郎とおたみは何か知っているはずだ」

「今から引っ張りますか」

「いや、奉行所に来るよう言ってある。大人しく従って来れば問い詰めるが、果たして来るかどうか」

五六蔵が膝を打った。

「さすが旦那だ。泳がせて様子を見る気ですね」

「弔いが終わってからが勝負だ。どう動くか、目を付けてくれ」

「わかりやした。そうと決まれば、今日から見張ります。おいみんな、しっかり食べておけ」

応じた伝吉たちが、そばを追加注文した。

忙しく働く小女たちが、慎吾のところにざるそばを運んだ。

それを横目に、立ち上がった者がいる。仙治の家にいた、痩せた男だ。町人風の男は、銭を台に置いて外に出ると、足早に去った。

「そ、そいつはまずい」

焦ったのは、戻った男から聞いた仙治だ。

「四八郎とおたみが奉行所に行けば終わりだ。観念して白状するに決まっている」

男は、次郎を閉じ込めている部屋を気にした。

「息子には、おたみが下女を殺したことを言ったのか」

仙治は首を横に振った。

「言えるものか」

「よかった。坂町《さかまち》様から、言うなと言われた」

「でもこのままじゃ、どの道ばれる。西原屋もおしまいだ」

「まだあきらめるのは早い。夏木を奉行所に帰らせなければ、下女は自害で片づけられる」

「どうするので」

「すでに、坂町様が手を打たれた。夏木の口を封じれば、北町は下手人捜しに躍起になり、西原屋のことは後回しになる。月番が替われば南町に回されるだろう。坂町様はそう見ておられる」

男は悪い笑みを浮かべた。

仙治は身を乗り出した。

「庄司《しょうじ》さん教えてくれ、何をする気なんだい」

「お前は気にするな。そのかわり、妹に言え。疑いの目が向けられなくなったら、手間賃として千両いただくとな」

「せ、千両ですか」

「獄門になることを思えば安いものだろう。坂町様も、お前のために危ない橋を渡られるんだ。感謝して、これからもしっかり働け」

「わかりやした。おっしゃるとおりにいたしやす」

「それから、次郎のせいで賭場を閉めた損は、今日で百両になる」

「庄司さん、そいつはいいとおっしゃったじゃないですか」

「金に困っているんだよ。妹に出させろ」

仙治は何も言えず、従うしかなかった。

「わかりました。そのかわり、守ってください」

庄司は仙治の頬を軽くたたき、片笑む。

「お前とは、長い付き合いになりそうだな」

四

夜の見廻りを兼ねて、西原屋の様子を探っていた慎吾は、ひっそりとしている様子に、思わずあくびが出た。

「目立った動きはなかったな」

前でしゃがんでいる五六蔵が、振り向いてうなずく。

「どうしやすか」

「今日はおすえを寺に運ぶだろうから、目を離すな。おれは一度奉行所に戻って、報告してくる」

「旦那、後はあっしらが交代でやりますから、家に帰って寝てください。いくら若くても、こう続いたんじゃ身体に毒です」

「寝てる暇はない。昼までには戻るから、気を抜かず頼むぞ」

「承知しやした」

「作彦、お前も残って見張れ」

「はい」

慎吾は、借りていた商家の二階から一人で降りると、家の者に他言無用と念押しして、外へ出た。

雨が落ちそうな空を見上げて、足早に町を進む。

永代橋の手前の通りは、朝が早いせいもあり人気《ひとけ》がない。

天秤棒《てんびんぼう》を担いだ行商が、目の前の四辻《よつつじ》を横切っていく。ぶら下げている笊に山盛りにされたあさりを見て、醤油《しょうゆ》が利いたあさり飯を想像した途端に、腹の虫が鳴った。

奉行所に帰る途中で何か食べようと思いつつ歩いていた慎吾は、ふと、背後に異様な気配を感じて足を止めた。無意識のうちに十手を抜き、振り向きざまに、身に迫る凶刃を受け止めた。

人がいない通りに鋼がかち合う音が響き、両者は同時に飛びすさった。

相手は一人だった。覆面で顔を隠し、黒い着物と袴《はかま》を着けている。

「何者だ、北町奉行所同心と知っての狼藉《ろうぜき》か」

「…………」

「答えよ！」

「ただの、辻斬りよ」

くぐもった声だが、笑みを含んだ言い方をした。

「ほぉう、辻斬りか。ならば、容赦はせぬぞ」

慎吾は十手を帯に戻し、抜刀した。

正眼《せいがん》に構え、ゆるりと上段の構えに転じる。

相手は左足を出し、柄《つか》を右脇に寄せて刀身を立てる八双《はっそう》の構えで応じた。

浪人風だが、うちから発する剣気と隙のない構えは、かなりの遣い手。

慎吾がそう思った刹那《せつな》、気の迷いを察したように、相手が動いた。

「やぁ！」

裂帛《れっぱく》の気合と共に、八双の構えのまま間合いを詰めた瞬間に右足を出し、刀身を寝かせ真横に一閃《いっせん》した。一歩踏み込んだ切っ先が、慎吾の胴を払いにくる。

慎吾は引いてかわし、空振りした相手に大上段から打ち下ろす。だが、返す刀で弾《はじ》かれた。そして、相手の切っ先が喉に迫る。

膝を曲げ、横にかわした慎吾の動きに合わせて刀身が右手一本で振るわれる。

受け止めた慎吾は、刀身を巻き込むように手首を返し、肩と肩をぶつけた。

間近で見る男の目には、余裕がある。まるで闘いを楽しむようにも見えた慎吾は、命の危険を感じずにはいられない。

相手はすっと力を抜いて肩をすかした。

身を転じ、背中を狙って振るわれた一刀を受け止めた慎吾は、飛びすさって間合いを空けた。

だが相手は、一足跳びに間合いを詰めてきた。

無言の気合と共に袈裟《けさ》懸《が》けに打ち下ろされた一刀を、慎吾は刀身を交差するように受けて刃《やいば》をそらし、相手の喉元に切っ先をぴたりと止めた。

目を見開いた相手が下がり、正眼の構えで対峙《たいじ》する。

男の目から余裕が消え、見開いている。

気後れを慎吾は見逃さない。相手の喉に切っ先を向けたまま出る。

相手が下がるのを追い、たまらず攻撃に転じようとした一瞬の隙を突く。

「えい！」

裂帛の気合をかけ、鋭い突きを繰り出す。

相手が慌てて払い上げた刀を逆に押さえ込み、右足を大きく出して、顔面に右の肘鉄を食らわせた。

潰《つぶ》された鼻から流れる血が、覆面を伝って喉に流れた。手の甲で拭った相手が、いきり立った。素早く正眼に構え、前に出る。

「おお！」

慎吾は気合と共に、上から斬り迫ろうとした切っ先をかわし、刀身を小さく振って籠手《こて》を打った。

したたかに右の手首を打たれた相手は呻《うめ》き、左手のみで刀を振るう。

慎吾は刀を弾いた。

相手の手から飛んだ刀が、板壁に突き刺さる。

男は慎吾に打たれた右の手首を左手で押さえて下がった。

慎吾が切っ先を向けて迫る。すると男は逃げた。

「待て！」

追って走ったが、逃げ足が速い男は土手まで行き、待たせていた猪牙舟《ちょきぶね》に飛び乗った。

岸から離れていく舟を歯ぎしりして見た慎吾は、ええい、と苛立《いらだ》ちを吐き捨てた。

手がかりを拾うために戻り、板壁に刺さっている刀をつかんだ。その刀身は、目利きでなくても、名刀とわかるほどの業物。

「どこぞの武家が、手に入れた宝刀の切れ味を試そうとしたか」

同時に、西原屋四八郎の顔が浮かんだ。

辻斬りが去った大川のほうを睨んだ慎吾は、奉行所に戻るのをやめ、近くの自身番に足を向けた。

今のは、いったい何者なのか。

考えながら町中を歩く慎吾のことを、すれ違う者たちが恐れた顔で見ている。

抜き身の刀を右手に下げたままだと気付いた慎吾は、墨染め羽織を脱いで刀身を隠して歩き、自身番に入った。

夜通し詰めていた町役人が座敷から首を伸ばして見て、慌てて出てきた。

「夏木様、見廻りご苦労様です。ゆうべは静かなもので、ご報告することは何もありません」

「そうか」

慎吾は上がり框《がまち》に腰かけて抜き身の刀を置くと、役人たちがぎょっとした。

「旦那、これをどこで？」

「たった今、辻斬りと称する者に襲われたんだ。すまぬがさらしをくれ」

慎吾は右の袖をまくり上げ、浅く斬られている傷を見て顔をしかめた。

血はすでに止まっているが、袖が当たると不快な痛みがある。

役人は水で濡らした布で傷の周りを拭き、さらしを巻いてくれた。

「辻斬りとは、物騒なことです」

「おれを狙ったかもしれないが、念のため、今夜から気をつけてくれ」

「お心当たりがおありなので」

「考えたくはないがな」

「誰なのです」

「違っていれば相手に迷惑だから、まだ言わずにおこう。すまないが、こいつを巻くぼろ切れがあれば譲ってくれ。奉行所に持って帰る」

「お待ちを」

役人は物入れから、使い古して色落ちした古着を出してきて、その場で裂いた。

刀身を巻き、紐《ひも》で縛った慎吾は、水を一杯もらって自身番を後にした。

急ぎ奉行所に戻り、上役の田所に報告すると、田所は何より傷を心配した。

慎吾は浅手だと言い、刀を見せた。

「これほどの業物はそうそうないと思うのですが、刀に詳しい田所様ならおわかりになるかと持って帰りました」

「見せろ」

慎吾が布を取って差し出す。

刀身を見た田所は、感心した。

「確かに、いい刀だ」

その声を聞いて、詰め所にいた三人の同心たちが集まった。

田所はさっそく柄を外し、茎《なかご》に彫られた銘を確かめる。そして目を見張った。

「どうりで……」

一人で納得する田所に、皆が身を乗り出す。

「誰の作ですか」

慎吾の同輩が訊くと、田所は慎吾に顔を向けた。

「お前も、いい目をしておるな。この刀は、長曽祢興里入《ながそねおきさとにゅう》道《どう》虎徹《こてつ》だ」

長い名に、慎吾はぴんとこなかった。

「虎徹ですって！」

声をあげたのは同輩だ。

「そうじゃ」

「大名道具と言われている、あの虎徹ですか」

「うむ」

同輩と田所の話で慎吾はようやく思い出した。

虎徹とは、江戸初期の名工、長曽祢興里の入道名である。興里が鍛えた刀は地金が明るく冴《さ》え、見栄えして、切れ味も鋭い刀として知られている。

いわゆる大名道具として名高く、高値であるのだが、一方では、贋作《がんさく》も多いことから、町の刀剣商たちは扱うのを嫌う。

「偽物では」

慎吾が言うと、田所は不機嫌な顔をした。

「わしの目を疑うのか」

「いえ、そういうわけでは」

「これは紛れもなく本物だ」

田所は言い切ったが、同輩の同心たちは慎吾と同様に、熱が冷めているようだ。

田所はますます怒った。

「わしは本物を見たことがあるのだ。この目に狂いはない」

すると同輩が、ふたたび身を乗り出した。

「さすがは田所様。どこの大名に見せてもらったのですか」

「大名ではない。南町奉行所の知り合いから紹介されて、一度だけ見せてもらったことがあるのだ。お墨付きの品をな」

「大名でないなら、どなたなのです」

慎吾が訊こうとしたことを同輩が先に問う。

すると田所は、物ほしそうな顔で刀を見ながら言う。

「直心影流《じきしんかげりゅう》　金森《かなもり》道場の初代あるじ、一斎《いっさい》先生だ」

同輩たちが唸《うな》った。

慎吾が問う。

「三十間堀《さんじつけんぼり》の近くにある金森道場ですか」

「うむ。門人は百を超える大道場だ。なんでも、さる大名からのいただき物らしい」

「その大名とは」

「そこは教えてもらえなかった」

「あるところにはあるのですね。慎吾を襲った辻斬りは、大名かもしれませんな。舟を待たせているなど、用意周到ですから」

同輩の一人が、今夜の見廻りがいやになってきたと言う。

「皆、気をつけてくれよ。これは、証の品として奉行所で保管する」

「なんだか嬉《うれ》しそうですね」

「馬鹿」

軽口をたたいた同輩を叱った田所は、刀を元に戻そうと鍔《つば》を手に取った時、何かに気付いた顔をした。

見逃さない慎吾が問う。

「どうされました」

動揺の目を向けた田所が、

「まさかな」

と言い、鍔を通し、元に戻そうとしたが、柄を持つ手を止めた。

「慎吾」

「はい」

「お前を襲ったのは、金森道場の者かもしれぬぞ」

「では、その刀は……」

田所はうなずいた。

「この鍔と柄には、見覚えがある」

高値の鮫皮《さめがわ》に黒い柄巻き、そして、菊模様をあしらった鍔の組み合わせは、確かに金森道場で見た品だと、田所は断言した。

これには同輩たちが驚いた。

「宝刀を持てるのは道場主のみのはず。慎吾、そんな相手に襲われて、よく生きて帰ったな」

「まだあるじと決まったわけではない」

「それはそうだが……」

口を閉じる同輩を横目に、田所が言う。

「慎吾はめったに人前で刀を使わぬから、師匠を凌《しの》ぐ腕前だと知る者は少ない。相手は慎吾の剣の腕を知らずに、勝てると決めてかかったに違いない。でなければ、足が付くような刀を使わぬはずだ。切れ味を試そうとしたのだろうが、慎吾に奪われて、今頃は恐れているかもな」

慎吾は立とうとしたが、田所が止めた。

「迂闊《うかつ》に動くな。相手は、南町奉行所の剣術指南をしている。もしもこのことに西原屋が関わっているなら、鼻薬を嗅がされた南町の誰かが背後にいるかもしれん。まずは、御奉行の耳にお入れしてご指示をいただく」

「手と鼻に怪我《けが》を負わせていますから、その者かどうか確かめるだけです」

「待て、一人で行くな」

「様子を見に行くだけですから」

慎吾はそう言って、奉行所から飛び出した。

五

門から出ると、作彦が待っていた。慎吾の顔を見て駆け寄る。

「旦那様、自身番の者から聞きました。襲われてお怪我をされたそうで」

「耳が早いな。たいしたことはない」

「どちらに行かれます」

「襲った者が誰か、確かめに行く。お前は五六蔵の手伝いに戻れ」

「いいえ、お供します」

「命がけだぞ」

「死んでも離れません」

慎吾は、ぴたりと背後に付いてくる作彦に微笑み、門前を離れた。

京橋南の三十間堀沿いを歩み、三丁目の角を右に曲がった。

金森道場は、門弟が百人を超え、大名家の家臣も通う名門だ。直心影流を極めた金森一斎は、さる大名家が主催した御前試合で見事に勝ち残り、剣術指南役を乞われたがきっぱり断ったというので、名が知れ渡った。大名が西国の大家だったのが、金森の名を広めたのだ。

慎吾はそれほどの達人を倒したことになるのだが、どうにも、腑《ふ》に落ちなかった。己の剣術が未熟とは思っていない。だが、一斎ほどの剣客が、刀を捨てて逃げ去るとは思えないのだ。

慎吾は腕組みをして、考えながら歩んだ。

誰かが一斎の帋徹を盗み、試し切りを企てたのではなかろうか。であるならば、まだ納得がいくというものだ。籠手に一撃を与えているので、骨が折れずとも、まだまともに刀をにぎれないはず。南町奉行所の連中が門弟にいると聞いて、慎吾は、西原屋の関与を疑わずにはいられない。覆面で顔は見えなかったが、西原屋に鼻薬を嗅がされた誰かが、道場から帋徹を盗み出し、辻斬りに見せかけて襲ったのかもしれぬ。いずれにせよ、道場に行けば何かわかるであろう。

しばらく歩むと、土塀の中から、気合と木刀がかち合う音が聞こえてきた。

金森道場の看板を確かめて、開けられたままの門の中をうかがい見る。下男らしき男が庭木の手入れをしていた。他に人影は見当たらない。

慎吾はあたりを見回し、

「作彦、茶でも飲むか」

目についた甘味処《どころ》に誘った。

店は開けたばかりのようで、まだ客はいない。

軒先の長床几に腰かけると、作彦が店の者に声をかけた。

出てきた小女に茶を注文し、ついでにところてんも頼んだ。

からしが利いたところてんを食べながら、道場を見張った。

作彦が忙しそうにところてんをすすり、嚙《か》まずに飲み込んで慎吾に問う。

「旦那様、あるじが出てくるのをお待ちになるのでしたら、あたしが見張りますが。手首の傷を確かめれば、よろしいのでしょう」

慎吾はところてんをすするのをやめ、作彦に顔を向けた。

「ここには、南町の青山《あおやま》が通っている。今日も来ているはずだから、出てくるのを待っているのだ」

「ええ？　青山様って、あの青山定六《さだろく》様ですか」

「そうだ」

「寺重《てらしげ》道場をお辞めになられたのですか」

「去年にな。同輩に誘われて、金森道場に移ったのだ。南町の連中は寺重道場より
こっちのほうが多いから、断り切れないと言っていた」

「さようでございましたか」

ところてんを食べ終え、茶を飲んでいると、稽古を終えた者たちが続々と出てき
た。談笑をしながら帰っていく者たちの中に青山の顔を見つけた慎吾は、湯呑みを
置いて走る。

慌てた作彦は銭を置き、慎吾を追った。

「青山」

慎吾の声に、四人の男が止まって振り向いた。その中で背が高く、吟味方《ぎんみかた》に相応
しい聡明な面立ちをした若者が青山だ。

慎吾と同い歳の青山は、屈託のない笑みを浮かべる。

「誰かと思えばお前か。元気そうだな」

「うむ。ちょっといいか」

「ああ、いいとも。では、わたしはここで」

青山は、足を止めている仲間に言うと、慎吾に向いた。

慎吾は、いぶかしそうに見ている者たちに頭を下げ、青山を道の端に誘い、道場の門が見えぬところで向き合った。

「道場には、帋徹があるそうだな」

「おお、あるぞ。見たいのか」

「いや、そうじゃなく、帋徹が盗まれたという話は出ていないか」

「聞いていないな。いったいなんだ」

「道場の主宰か高弟の者で、右手に怪我をした者はいないか」

「だからなんだと訊いている」

「答えてくれたら教える」

青山はいぶかしむことなく、

「師匠が怪我をされている。雨漏りがする屋根を直そうとして梯子《はしご》から落ちたと聞いているが」

「そうか。ならいい、行ってくれ。足を止めて悪かった」

青山は疑う目つきをした。

「水臭いぞ慎吾、何があったか教えろ。お前の腕の傷に、師匠が関わっているのか」

隠していたつもりだが、今のあいだに見逃さないのはさすがだと、慎吾は舌を巻いた。

「今朝早く、自ら辻斬りだと言う者に命を狙われた。相手の手首を刀で打って引かせたのだが、その時、辻斬りが落として逃げたのが秝徹だったのだ」

「では秝徹違いだ。お前が師匠に敵《かな》うはずはない」

「お前が言うならそうなのかもしれない。だが、まぐれということもある」

青山は厳しい顔をした。

納得がいかないようだが、ここまで来て引くわけにはいかない慎吾は問う。

「右手の傷は、いつ負われたものだ」

青山は慎吾の目を見た。

「昨日の稽古はされたから、それ以後だ」

「梯子から落ちたのを見た者はいるのか」

青山は押し黙った。だがすぐに言う。

「たまたま同じ日だったかもしれぬ」

「田所さんに見てもらったら、確かに金森道場で見せてもらった帋徹だと断言された」

青山は動揺した。

「田所さんがおっしゃるなら、間違いないだろう。しかし、信じられん。師匠は、辻斬りをするような人ではない。まして、同心を狙うなどあり得ぬ」

「誰かに脅されたとすれば、あるだろう」

青山は戸惑いを隠せない様子だ。

「おれには考えられない」

「そこをはっきりさせたい。二人で会えるようにしてくれないか」

慎吾の顔を見た青山は、うなずいた。

「今なら師匠のほかには下男と下女しかいない。行くか」

「すまんが頼む」

慎吾は作彦を連れて、青山と共に道場の門を潜った。

庭の掃除をしていた下男に、青山が声をかける。

「すまぬが師匠を道場にお呼びしてくれ。青山が大事な話があると言ってな」

中年の下男は応じて、母屋《おもや》へ走った。

道場へ行こうと言う青山に従い、広い敷地を歩いていると、母屋から男の悲鳴がした。

慎吾は青山と顔を見合わせ、声がしたほうに走る。

裏に回る青山に付いて行くと、廊下で下男が腰を抜かしていた。

「どうした！」

叫ぶ青山に振り向いた下男が、声にならぬ口を開けて、部屋の中を指差す。

「しまった」

慎吾は、自害したに違いないと思い吐き捨てると、雪駄を飛ばして廊下に上がった。

男が背中を向け、丸まって横向きに倒れている。

「師匠！」

叫んだ青山が抱き起こすと、金森はまだ息があった。

腹に突き刺さっている短刀を両手でにぎっていたが、血に染まる手で青山の腕をつかみ、何か言おうとしている。

「さ、さか、まち……」

そこまで言ったところで、金森は息絶えた。

金森の傷口を調べようと歩みを進めた慎吾は、素足に砂を感じて下を見た。畳に砂が落ちている。

隣の襖を睨み、十手をにぎって開けた。

表の廊下から飛び下りる人影を見つけてはっとした。

「待て！」

慎吾は追った。表の庭を逃げる曲者を捕まえるために、砂利を飛ばして走る。

だが曲者は、庭の石を足場に土塀のてっぺんに飛び上がり、軽々と越えて逃げた。

慎吾は真似《まね》ができない。

表門に走り、外へ出て通りを見たが、覚えのある着物の男はどこにもいなかった。

ところてんを食べた店まで走ると、長床几に腰かけていた男女が察したらしく、道の先を指差す。

「あっちへ逃げました」

「突き当たりを左に」

「すまん」

慎吾は男女の言葉どおりに追う。

突き当たりを左に曲がってみたが、多くの人が行き交い、見通しが悪い。

それでも先へ走った。覚えのある後ろ姿はどこにもなく、慎吾はあきらめて止まった。

「旦那様」

追ってきた作彦に振り向き、首を横に振る。

「戻るぞ」

「はい」

あたりを捜しながら戻った慎吾は、残っていた青山に、逃げられた、と言い、金森の手首を確かめた。

さらしを取って見ると、手首が腫れ、刀に打たれた線がくっきり浮いている。

手首を触った青山が、慎吾に顔を向けた。

「折れていない。手加減したのか」

「いや、当たった時に手を引いたのだ。誰もができることじゃない」

「ではやはり、師匠に間違いないか。口封じに殺されたに違いない」

「言い残したさかまちに、心当たりは」

「ある」

「町か、それとも人の名か」

「小石川《こいしかわ》養生所見廻り与力が、坂町という名だ」

「ここの門人か」

「おれはまだ浅いからわからん。少なくとも、当代になってからは来ていないはずだ」

殺された金森は、二年前に代替わりしたのだという。

「養生所の役目に就く前は何をしていた」

「本所方《ほんじよがた》だ」

その役目は、享保《きようほう》四年（一七一九年）に本所奉行が廃止された後に設けられた役目。

深川にも精通していることから、慎吾は、西原屋と坂町の繋《つな》がりを疑った。

「おれを殺すのをしくじったから、口を封じたに違いない」

青山が驚いた。

「どういうことだ。教えろ」

慎吾は、今調べている西原屋のことをかいつまんで話した。

すると、青山は厳しい顔をした。

「家の者が怪しいと思った矢先に、襲われたというのか」

「これではっきりした。奴《やつ》らは口を封じたつもりだろうが、すべてを暴いてやる」

「おれも手伝おう」

「いや、お前には迷惑をかけたくない」

「もうかけているだろうが」

青山は鼻で笑った。

「坂町は評判が悪い。奴のことを調べるのはおれにまかせろ」

「どのように評判が悪い」

「やくざと付き合いがあるらしく、汚れた金を手にしているという噂がある」

「そんな奴を、どうしてのさばらせておく」

「悪評はあるが、なんの証もつかめていないからだ。それゆえのさばっているのさ」

「狡猾に立ち回っているようだが、大丈夫か」

「心配するな。いい折だから探ってやる。何が出るか楽しみだ」

「奉行所内に仲間がいるかもしれんから、気を付けてくれ」

「おう」

強い味方を得た慎吾は、坂町が逃げるのを恐れて、下男に言う。

「いいか、おれたちが駆け付けた時は、あるじはすでに息絶えていたことにしろ」

「ど、どうしてですか」

「下手人を安心させるためだ。口を封じたと思えば、逃げないだろう。動かぬ証をつかんで獄門台に送ってやるから、言うとおりに自身番に届けろ」

下男は承知して、自身番に走った。

「家の者に調べさせたところ、やはり昕徹はありませんでした」

奉行所に戻った慎吾は、田所に道場であったことを報告した。

にわかに降り出した雨で、外は早めに暗くなり、部屋には蠟燭《ろうそく》が灯《とも》されている。

手元に置いていた盾徹を取り上げた田所は、蠟燭の明かりに刀身を照らし、ため息を吐いた。

「多くの門弟がいる金森道場のあるじともあろう者が、よりにもよって北町の同心を襲うとはな。御奉行にご報告して、そのけしからぬ与力を咎《とが》めていただこう」

「それは、今少しお待ちください。西原屋との繋がりを確かめてからでも、遅くはありません。南町にいる信頼できる友が探りを入れてくれますので、すぐにわかるはずです」

「その者はまことに信用できるのか」

「はい」

「わかった。だが命を狙われたのだから、油断はするな」

慎吾はうなずき、探索に戻った。

第五章　醜い性根

一

深川熊井《くまい》町《ちょう》の料亭でおこなわれる寄り合いは、組合の名簿に名を連ねる油問屋ばかりが集まってくる。

年に三回ほど顔を合わせ、商いの資金繰りに困っていないか、油の買占めをする店はないか、産地の名を出し、今年は質が良い悪いなど、知っていることを交換する。

同業者同士仲良くし、結束を強めて助け合おうという名目で作られた組合である。

昼からされていた長い話し合いが終わり、夜は酒宴となった。

寄り合いに顔を出していた四八郎は、酒徳利《さかどつくり》を持って皆に酌をして回った。清太郎の葬式で世話になった礼と、下女のおすえのことで騒がせたこと、それから、跡取りのことをよしなにと、一人ひとりに頼んで回ったのだ。

誰もが、倅《せがれ》を喪《うしな》った四八郎に優しい声をかけ、次郎に代が替わった時のことを、約束してくれた。

隣町で商いをする桑木屋《くわきや》忠兵衛《ちゆうべえ》の前に座り、葬式の礼を言って酒をすすめる。受けた忠兵衛は一息に飲み干し、まあ一杯と、盃《さかずき》を差し出した。

「いただくよ」

盃を受け取ると、忠兵衛は注《つ》いでくれた。そして、目を見て言う。

「ところで四八郎さん、清太郎さんを殺した下手人は、まだ捕まらないのかい」

「ええ」

「そうかい。奉行所も、人相書きの男が違ったものだから、焦っているんだろうな。昨日も岡っ引きの子分がうちに来て、あんたのところのことを、根掘り葉掘り訊いてきたよ。まるで、身内に下手人がいるような口ぶりだったなあ」

皆に聞こえる大声で言う忠兵衛は、四八郎の顔色をうかがう目つきをしている。

するとほかにも、うちにも来たと言う者が何人かいて、四八郎とおたみのことをしつこく訊かれたと言う者もいた。

おたみが芸者上がりだということは、ここにいる者たちは知っている。清太郎の母親が不治の病にかかる前からの仲だということも知っていて、女房の一周忌が終わり、おたみと夫婦《めおと》になると言った時には、皆に反対されたものだ。おたみのことを認めてくれたのは、次郎が生まれてからだった。

恐らく、知っていることはすべて話した者もいるだろうと察した四八郎は、何をどう話したのかは確かめなかった。慌てることで、やましいことがあると疑われるのを恐れたのだ。

「四八郎さん、あんた、ほんとうに何もやましいことはないんだろうね。下女の弔いが終わったら、奉行所に呼ばれているそうじゃないか」

「どうしてそのことを」

「下っ引きなんて、口が軽いもんさ。今日行かなくてよかったのかい」

寄り合いを仕切る立場である忠兵衛が念を押した。心配しているように聞こえるが、好奇に満ちた目をしている。

こいつは、西原屋が潰れればいいと思っているに違いない。

そう感じた四八郎は、腹が立つより、隠しごとを探られる恐怖心のほうが強かった。

「やましいことなんて何もありませんから、今日はこちらに来たのです」

「そうかい、だったらいいんだ。でもね、奉行所に呼ばれているなら早く行ったほうがいい。遅らせると、かえって怪しまれるから」

「近いうちに行きます」

「物騒だから、一日も早く下手人が捕まることを願うよ」

ご心配をかけて申しわけないと頭を下げた四八郎は、早々に引き上げた。

誰が何と言おうが、清太郎は死んでしまったのだ。おすえには可哀そうなことをしたが、自害で片がついている。このまま辛抱していれば奉行所の探索も手薄になる。月日が経《た》てば看板の文字が薄れるように、清太郎のことも人の頭の中から消えて、何も言わなくなるだろう。

このまま黙って、耐えればいいのだ。

四八郎は自分に言い聞かせながら通りを歩み、店に戻った。店の前で看板を見上げて、守ってきた暖簾を眺め、思わずため息をつく。

暗くなっても店に来てくれる客に、丁寧に頭を下げて見送った。

「今帰ったよ」

つとめて明るい声を出すと、接客をしていた宗六が、手代と代わって迎えに出た。

「旦那様、お帰りなさいませ。すぐに、奥へ行ってください」

「お客か」

「仙治さんが待っているのですが、どうも、様子が変なのです。寄り合いに押しかけるとおっしゃいますのを止めて、待ってもらっています」

「そうかい」

いやな予感しかしない四八郎は、奥へ急いだ。

おたみは、おすえを殺してしまった日から自分の部屋には入らず、今は清太郎の部屋を使っている。

そこにいるのだろうと思い足を運ぶと、明かりが漏れる部屋は静まり返っていた。

部屋の前まで行くと、仙治は背を向けてうな垂れている。その前に座っているおたみは、呆然《ぼうぜん》とした様子でいたが、はっと気付いて、仙治を促した。

「今帰った」

するとと仙治は振り向き、近くに寄れと無言で手招きする。

部屋に入って向き合うと、おたみは廊下に出て、人を警戒した。

仙治が言う。

「頼りにしていた坂町様が、手を引かれた。金はいらぬそうだ」

慎吾を殺すことを事前に知っていた四八郎は、息を呑んだ。

「まさか、しくじったのか」

「そのまさかだ」

「襲った者が捕まったのかい」

「いや、うまく逃げた。だが夏木が突き止め、道場に近づいたそうだ」

「それじゃ、ばれたのかい」

「そこは心配ない。坂町様が手の者に口を封じさせた。だが南町の者が坂町様のことを探りはじめたから、今のうちに手を引くそうだ」

仙治は、薄情な奴だと罵《のの》り、畳を拳で打った。

大きな後ろ盾を失った四八郎は、身体から力が抜けた。

「おたみ、もうだめだ。明日奉行所に行こう」

仙治が睨み、廊下にいるおたみは、四八郎に悔しそうな顔を向けた。

「自訴しろと言うのですか」

四八郎は膝を向け、おたみを見上げた。

「寄り合いの席でね、夏木様の手の者がわたしたちのことを調べて回っていると聞いたんだ。きっと夏木様は、わたしたちのことを疑っているに違いない。探索の手が、すぐそこまで伸びているんだ」

「今さら弱気になってどうするのです、この店が潰れてもいいのですか」

「そうは言ってもね……」

「わたしはいやです。自訴なんてするものですか。次郎のためにも、守ってみせます。お前様、今すぐ、二千両ください」

「そんな大金、どうするつもりだ」

「仙治兄さん、坂町様と繋ぎを取ってちょうだい」

仙治はとまどった。

「何をする気だ」

「二千両で、清太郎殺しをでっち上げてもらうようお願いするのです」

「拒まれるに決まっている」

「言うことを聞かないなら、夏木様を襲わせたのが誰かばらすと脅せばいいのよ。二千両手にするほうを選ぶに決まっている」

恐ろしい形相をするおたみに、四八郎はかける言葉がない。

どうにかなるかもしれない。

そんな思いが芽生え、四八郎は仙治に言う。

「わたしからもお願いします。今、二千両用意しますから。仙治さんには、二百両さしあげます」

聞いた途端に、仙治は唇を舐《な》めた。

「よしわかった。坂町様の配下が次郎のそばにいるから、話を着けてくる。次郎も連れて帰るから、千両箱を揃えて待ってろ」

仙治は裏から出ると、家に走った。

途中で、跡をつける者がいないのを確かめる。灯籠《とうろう》に明かりが灯された堀端の道には歩く者がいるが、怪しい影はない。

仙治はふたたび走り、角を曲がった。

つと、商家の角から出たのは、松次郎だ。仙治を追って走る。

そうと気付かない仙治は、家に帰り、戸の前で路地を確かめると、中に入った。

明かりが灯されている部屋で、庄司が待っていた。

「遅いじゃないか」

「すまねぇ。四八郎の奴が寄り合いに出ていたもので」

「して、どうだった」

「庄司さんがおっしゃるとおり、四八郎は泣きついてきました。二千両出すそうです」

庄司は、次郎を押し込めている部屋のほうを見て、仙治にほくそ笑む。

「いいのか、妹を見捨てて」

「庄司さんだって、上役を見捨てたじゃないですか」

「坂町はもう終わりだ。金森がしくじったことで、南町の者が探りを入れはじめた。金森はおれが口を封じたが、坂町はたたけば埃《ほこり》が出る。金だけいただいて、江戸から逃げたほうが賢い」

「妹には悪いが、てめぇの欲のために人を殺《あや》めたんだ。とばっちりはごめんですよ。それで、これからどうしやす」

「善は急げだ。今から金をいただきに行き、その足でずらかろう」

「次郎は、どうしやす」

「連れて帰ると言ったのだろう」

「へい」

「それでいい。こうなっては、止める理由もない」

「妹から、例の物を催促されたのですが、まだですか」

「そのことよ。昼にお前が出かけた後で、坂町の使いが届けてきた」

庄司は手箱を引き寄せようとして気配に気付き、身軽に前転して、裏の外障子を開けた。

濡れ縁のそばで盗み聞きしていた松次郎が目を見張り、逃げた。

路地に出ると堀のほうへ走った。だが、背後から駆けてくる足音が近づく。

逃げ切れぬと思い振り向いた松次郎に対し、庄司が無言の気合をかけ、刃物を振りかざす。

松次郎は目を見張った。咄嗟《とっさ》に飛びすさったが、間に合わなかった。

焼けるような痛みに呻き、顔を歪《ゆが》めた。

松次郎は、どこを斬られたかわからなかった。激痛に耐えて、懐に隠していた十手をにぎった。

足を開き、腰を低くして刀を構える男は、短刀を右手ににぎっている。

「や、野郎……」

松次郎は、血が流れる左手をだらりと下げ、右手で十手を構える。対する庄司は、唇に余裕の笑みさえ浮かべ、今にも飛びかかりそうだ。

十手で勝てる相手ではない。恐ろしいまでの威圧に、松次郎は堀端に追い詰められた。

「死ね！」

庄司が切っ先を向けて迫る。

十手で刃物をたたき落とそうと振るった。だが、それは庄司の誘い。刃物を引いてかわされ、空振りした松次郎がはっとした横腹に、庄司はぶつかってきた。

「うっ」

呻いた松次郎に、庄司は勝ち誇った笑みを見せる。

刃物を抜いて背を向ける庄司の腕をつかもうとした松次郎だったが、足がよろけて下がり、堀川に落ちた。

二

「どけ、どいてくれ！」

作彦から知らせ受けた慎吾は、千鳥足の酔客にぶつからぬよう町中を駆けていた。

川口町の国元華山の診療所に入り、雪駄を飛ばして上がる。

部屋から出てきた華山の両肩をつかんだ。

「松次郎は！」

大きな目をひんむいた華山が、険しい顔をする。

「死んだのか」

「腹の急所ははずれていたけど、水を飲んでいるし、まだ意識が戻らない。朝までが勝負ね」

「どこにいる」

肩をつかむ手に力を込める慎吾。

華山は手を重ね、慎吾を見た。

「落ち着いて。奥の部屋にいるわ」

慎吾ははっとして手を放し、離れた。

「すまん、つい……」

華山は、穏やかな顔を横に振る。

慎吾は華山に礼を言い、廊下を奥へ急いだ。部屋の障子を開けると、松次郎に付いていた五六蔵が神妙な顔で頭を下げた。

「旦那、油断してやした。すみません」

「あやまることはない。とにかく命があってよかった」

松次郎は髷《まげ》も解《ほど》け、青白い顔で眠っている。

「顔色がよくないな」

「先生が薬を飲ませてくれましたし、松次郎のことですから、必ず生きてくれますよ」

「うむ。それで、何がどうなってこんなことになったんだ」

「西原屋を見張っていましたら、おたみの兄の仙治が来て長くいましたものですから、こいつも関わっているんじゃないかと睨んで松次郎に探らせたんです。見張りを続けて帰りを待っておりやしたら、仙治と男が次男を連れて西原屋に来たのですが、松次郎が帰らないものですから、伝吉と作彦さんを残して、捜しに行きやした。そしたら、堀で騒ぎが起きていましたものでいやな予感がして行ったところ、松次郎が助け上げられたところでした」

「それで、急いでここへ運んだのか」

「へい」

「華山が治療したなら助かるはずだ。やったのは仙治かその仲間に違いない。作彦、伝吉はまだ西原屋を見張っているのか」

「いえ、親分の使いが来る前に、仙治と男が重そうな背負子《しょいこ》を背負《しょ》って出てきましたので、一人で行き先を突き止めに行っています。間借りしている店の者にここにいることを伝えるよう頼んでいますから、戻ったらこちらに来るはずです」

「奴らに見つかってなければいいがな」

松次郎のことがあるだけに、慎吾は心配になってきた。そして、五六蔵に言う。

「伝吉が戻り次第、仙治を捕らえに行くぞ」

「承知しやした」

慎吾は墨染め羽織を脱ぎ、小袖に襷《たすき》をかけて支度を調え、伝吉の帰りを待った。

半刻（約一時間）が過ぎ、さらに半刻経っても伝吉は戻らない。

そのあいだに松次郎の顔色は幾分よくなり、診に来た華山が、呼吸も落ち着いてきたと言うので安堵した。

伝吉が駆け込んできたのはそんな時だった。

「松次郎の兄い！」

部屋に入るなり叫び、松次郎を揺するので華山が止めた。

伝吉が戻ったことに五六蔵は安堵の息を吐き、その腕をつかんで放した。

「落ち着け。命は大丈夫だ」

今にも泣きそうな顔をしていた伝吉の身体から力が抜けた。

「ああ、よかった。店の者が、刺されて死にそうだと言うものだから、来るあいだ怖かったんです。ちくしょうめ、親分、やったのは仙治の野郎ですか」

「そいつを確かめるために、奴をしょっ引く。行き先はわかったのか」

「へい。二人は熊井町の船宿にいます。あるじと話していましたから、朝を待って、船でどこかへ行くつもりじゃないかと」

「見張っている者はいないのか」

問う五六蔵に、伝吉は首を横に振る。

「自身番の者に仙治の右頰の傷を教えて、見張らせています」

「旦那」

五六蔵に言われて、慎吾は立ち上がった。

「伝吉、戻ったばかりですまんが案内しろ」

「がってんだ！」

「大きな声を出さない」

華山に叱られ、伝吉は肩をすくめた。

伝吉が案内した船宿は、慎吾も知っている石舟《せきしゅう》だった。

表と裏を見張っていた番屋の小者が、あれから誰も出ていないと言う。

仲のいい老夫婦が営む石舟は、主に釣り船で商いをしており、船を貸し切れば遠くまで行ってくれる。

二人は舟で江戸を出る気に違いない。

そう見た慎吾は、宿から離れた場所で皆に言う。

「釣りに出かける客が泊まっているはずだ。その者たちが騒げば、乗じて逃げられるかもしれぬ。また、客を人質にされても厄介だ。とっつぁん、ここは、出てきたところを押さえるのがいいな」

「そう思います」

「よし、それじゃ、表はおれと作彦が見張る。裏は頼んだぞ」

「承知しやした。おい」

五六蔵は番屋の小者を二手に分け、伝吉と又介を連れて裏に回った。

気付かれないよう用心して見張っていると、雨が落ちてきた。

恨めしそうに空を見上げた作彦が、商家の軒先に走り、慎吾に小声で言う。

「旦那様、ここからも見えますからお入りください。雨は身体に毒です」

応じた慎吾は小者を促して軒下に入り、石舟の二階を見つめる。

あの中のどこかに、二人は寝ている。

西原屋にどう関わり、自分を襲わせた坂町とは、どのような繋がりがあるのか。

松次郎が目をさませば、誰が襲ったかわかるはず。その前に二人を捕らえておかねば。

自分に言い聞かせ、じっと動きがあるのを待った。

宿に明かりが灯ったのは、ずいぶん待った後だった。

雨はやみ、雲の動きがわかるほど空が明るくなった頃に、表の潜り戸が開けられ、男が一人出てきた。

その者は真《ま》っ直《す》ぐ舟に行き、支度をはじめた。

大型の釣り船ではなく、小ぶりの船だ。

「いいか、二人は重そうな背負子を持っている。見逃すなよ」

慎吾の声に、作彦と小者が無言でうなずく。

さらに待っていると、

「逃がすな！」

五六蔵の怒鳴り声が路地からしてきた。

「裏だ」

慎吾は軒下から飛び出し、裏に走る。

誰かが吹いた呼子が響き、路地から一人出てきた。

背負子を背負ったその者は慎吾に気付き、表の道を逃げようと走る。

「作彦！」

「承知！」

慎吾に応じた作彦が投げた鉤縄《かぎなわ》が、逃げる男の袖に引っかかった。

左腕を取られた男が、迫る慎吾に対峙し、右腕を腰に回して刃物を抜いた。

作彦が引く縄を切り、慎吾を睨む。

作彦と番屋の小者が退路を塞ぐのを見て舌打ちした男が、慎吾に向かって刃物を振り回し、きびすを返して小者に迫った。

刃物を振り上げて迫る男に、小者は目を見張って下がる。

十手を持っていない作彦が、こういう時のために忍ばせている万力鎖《まんりきくさり》を振るって威嚇《いかく》した。

先に付いている分銅をかわした男の背後に、慎吾が迫る。

気付いた男が、振り向きざまに刃物を一閃する。

十手で受けた慎吾は、男の手首を左手でつかんで押し、商家の壁に背中をぶつけた。

「観念しろ！」

男は聞かず、慎吾の顔を殴った。それでも慎吾は、刃物を持つ男の右手を放さない。

もう一度男の拳を食らった慎吾は、右手で十手を振るい、男の額を打った。

白目をむいて、足から崩れるように倒れた男の背負子から小判が出て、音を立てて散らばった。

それを見た慎吾は気絶する男を睨む。

「作彦、こいつに縄を打て」

男を起こして縄をかけるのを横目に、慎吾は路地へ走る。

「放せ！　放しやがれ！」

怒号がするほうへ行くと、うつ伏せにされた男に五六蔵がのしかかり、伝吉が両手を縛るところだった。

路地には背負子が転がり、小判が散らばっていた。

又介が腕を押さえているのに気付いた慎吾が駆け寄る。

「怪我をしたのか」

「すみません。一人逃げられました」

「心配するな。そいつは捕まえた。怪我は」

「短刀使いに斬られましたが、大丈夫です」

「見せてみろ」

慎吾が袖をめくると、浅く斬られていた。縫うまでもなさそうだ。

「とっつぁん、二人を自身番に連れて行くぞ」

慎吾に応じた五六蔵は仙治を立たせ、縄を二重にかけて縛り上げた。

「歩け！」

「ちくしょう」

吐き捨てた仙治が、慎吾とは目を合わさず、路地から出ていった。

慎吾は、騒ぎを聞いて出ていた住人たちに、終わりだ、安心してくれ、と言って入らせ、作彦のところに戻った。

石舟のあるじに頼んで桶《おけ》に水をもらい、気絶している男に浴びせて目をさまさせた。

ふてぶてしく睨む男に、慎吾は言う。

「番屋でじっくり聞かせてもらうからな」

縄をつかんで立たせると背中を押し、自身番に連れて行った。


「いい加減にしろ！」

五六蔵が怒鳴った。

自身番の三和土《たたき》に正座させられている仙治と男は、慎吾が何を問うても薄笑いを浮かべるばかりで、一言もしゃべらない。

もう一刻（約二時間）、こうして粘っている。

冷たい茶で喉を潤した慎吾は、二人の前に立った。仙治を睨むと、仙治は下を向いて目を合わせようとしない。

慎吾は男に言う。

「お前が逃げる姿には、覚えがある。金森道場の二代目を殺したのは、お前だな。これと同じ作りの短刀だったのが、動かぬ証だ」

男は薄笑いを浮かべるだけだ。

「松次郎をやったのもお前だろう」

「………」

だんまりを決め込む男を、慎吾はじっと見ている。そこへ、華山のところへ傷の手当に行かせていた又介が戻ってきた。

「旦那、松次郎が目をさましました」

すると、男の顔から笑みが消えた。

慎吾が見据えて言う。

「お前らは死人に口なしだと思ってそうしていたんだろうが、残念だったな。又介、松次郎は何か言っていたか」

「はい。襲ったのは、仙治の家から出てきた男だそうです。その男は、金森の口を封じたと言っていたのを、はっきり聞いています」

又介の言葉に、男は下を向いた。

密談を聞かれていたことを知った仙治が、怯えた顔に変わっている。

慎吾は正面にしゃがみ、仙治を見つめた。

ちらと見た仙治が、口を開こうとした時、男が叫んだ。

「すべて坂町の指図でやったことだ。おれは、命令に従っただけだ！」

「黙れ！」

慎吾が怒鳴り、男の胸ぐらをつかんだ。

「お前はその坂町を捨てて逃げようとした。結局は金だろうが！」

睨む男の胸ぐらを放した慎吾は、仙治に顔を向けた。

「仙治！」

「はい」

「こいつの名は」

「庄司です」

「庄司、貴様坂町のなんだ。配下か、それとも家来か」

「今さら、どうだっていいことだろう。どうせ獄門だ」

「お前たちは次郎と共にいたな。それはどういう意味だ。清太郎を殺したのはお前か」

庄司は卑屈な笑みを浮かべた。

「お前は同心の端くれだろう。自分で暴け」

すると又介が口を挟んだ。

「松次郎が、仙治の言葉を聞いています。欲のために人を殺めた妹のとばっちりはごめんだ、そう聞いたそうです」

仙治が焦った顔を上げた。

「おれは言っちゃいねえ！」

すると庄司が、高笑いをした。

「おれも聞いてない。おい夏木、下っ引きに嘘の証言をさせて嵌《は》めようとしても無駄だぞ」

庄司は捕まった腹いせに、松次郎が命がけで耳にしたことを嘘にしようとしている。

動じるはずもない慎吾は、庄司を見据えた。

「欲に負けたお前が何を言おうが、人の道をはずれた者は必ず裁かれる。仙治、言いたくなければ黙っていても構わんが、お前たちが捕まったと知れば、清太郎とおすえを殺した者は、生きた心地がしないだろうな」

そう言ってじろりと睨むと、仙治は息を呑んだ。

「ば、馬鹿言っちゃいけませんや、下女のおすえは、自分で首をくくったんですぜ」

「知っているか。お上を欺く者には、厳しい罰が待っている。まして、人殺しを自殺に見せかけるなんざ、大罪だ」

慎吾は、含んだ笑みを浮かべた。

その顔を見た仙治が、ごくりと喉を鳴らし、目をそらした。

「お、おれは、何も知らねえ。知るもんか！」

突っ伏す仙治を見下ろした慎吾は、五六蔵に引き続き西原屋を見張らせ、二人の罪人を大番屋に連行した。

三

「次郎、今日はお前の好きな鯛《たい》の天ぷらだから、楽しみにしてなさいね」

仙治が捕まったことを知らないおたみは、久しぶりに戻ってきた我が子を慈しみ、そばを離れなかった。

次郎は朝からずっと自分の部屋で畳に横になり、何をするでもなく庭を眺めている。

清太郎が生きていた頃とはまるで別人で、一言もしゃべらず、目には力がない。庭を眺めていても、見ているのは別の物。

おたみはそれに気付いていたが、清太郎が殺される前と変わらない接し方をしている。いや、むしろ前よりも明るいといえよう。

西日が差し込みはじめ、次郎を照らしている。

眩《まぶ》しいだろうと思ったおたみが障子を閉めようとした時、四八郎が来た。

「おたみ、ちょっと」

うなずいたおたみは、次郎に微笑み、障子を閉めて四八郎に続いて廊下を進む。

次郎から離れた廊下の角で止まった四八郎が、不安そうな顔を向けた。

「仙治さんから何か知らせはあったのかい」

「いいえ」

「遅いじゃないか。坂町様は、ほんとうに身代わりを立ててくれるんだろうね」

「二千両も払ったのですから、いいようにしてくださるに決まっていますよ。それにもう、関わってらっしゃるのですから、同じ穴のむじな。わたしたちがお縄になれば、坂町様だってただではすまないのですから」

「そ、そうだな」

「今日は、次郎と一緒に夕餉をとってくださいね。くれぐれも、暗い顔をなさらず、うんと話しかけてやってください。跡取りのことも、はっきり言ってやってくださいね。安心しますから」

立て続けに催促するおたみに、四八郎はうんざりした顔をした。

「何度も言わなくてもわかっている。今日は早めに店を閉めるから、一本付けておくれ」

「お酒を飲んで、あの子を責めたりしないでしょうね」

「するものか。次郎はわたしにとっても大事な跡取り息子だ。仲良くやるよ」

おたみは微笑んだ。

「わかりました。兄さんはそのうち来ますから、安心してください」

おたみは四八郎を店に帰し、次郎のところに戻った。

次郎は、障子を閉めたというのに同じ場所で、同じ姿勢で横たわっている。

心配になり顔を覗《のぞ》き込むと、目を開けたまま、瞬《まばた》きもせず一点を見つめている。

「次郎？」

思わず顔の前で手をひらひらとやると、次郎は一瞬目を向けた。そして、おたみに背を向け、身体を丸めた。

避けられても、おたみは平気だった。次郎がいれば、それだけで幸せなのだから。

誰にも、指一本触れさせてなるものか。

その決意は、前にも増して堅くなっている。

おたみは、ふたたび障子を開けて風を入れた。

「困ります、お待ちください」

台所のほうから下女の声がするのでそちらを見ていると、裏庭から慎吾が現れた。

突然の訪問に目を見張ったおたみは、次郎に会わせぬよう廊下を移動し、縁側で三つ指をついた。

「夏木様、どうぞ、表にお回りください」

「いや、ここでいい」

慎吾は遠慮なく歩み寄り、おたみと向き合った。

背後には、作彦がいる。

慎吾が言う。

「今日は、四八郎が奉行所に来ないから足を運んだ」

「ただいま、呼んでまいります」

「いや、先に次郎と話したい」

立とうとしていたおたみは、唇に笑みを浮かべた。

「あの子に、何か」

「いいから呼んでくれ。本人と話す」

おたみは慎吾の顔を見た。普段は穏やかな顔をしているが、今日は目つきが鋭く、探るような眼差《まなざ》しをしている。

いいようのない不安と恐怖が込み上げ、おたみは動けなくなった。

「どうした、唇が震えているぞ」

震えてなどいない。鎌をかけているに違いないと思ったおたみは、明るく笑った。

「ご冗談を、今呼んで来ますね」

立ち上がり、次郎のところへ急いだ。

部屋に行くと、次郎は起きて座り、じっとおたみを見てきた。覚悟を決めたような顔つきに、おたみは慌てて抱きついた。そして、小声で言う。

「守ってあげるから、お前は何も知らないと言いなさい。いいわね」

「何を知らないのだ」

背後の声にはっとして振り向くと、廊下に上がった慎吾が立っていた。

おたみは次郎を守って慎吾と向き合った。

「この子は、清太郎がどこに出かけたのか知らないんです」

慎吾は首を伸ばすようにして、声をかける。

「次郎、清太郎は、お前にとって、いい兄だったたか。評判では仲のいい兄弟だと聞いているが、どうなのだ」

おたみは、次郎がはいと答えると思っていた。だが、返事をしない。振り向くと、次郎の顔が、みるみる険しくなった。

おたみは慎吾に向く。

「とても仲がいい兄弟でした」

「もういい！」

次郎が叫び、おたみは強い力で横にどかされた。

「次郎！」

止める手を振り払った次郎は廊下に出て、慎吾の前に正座した。涙ぐんだ目で慎吾を見て言う。

「よその人はそう言われますが、わたしはずっと、兄を妬《ねた》んでいました」

「ほう、どうして」

「兄とは、何かと差をつけられて育ちましたから」

「次郎お前、何を言うんだい」

言ったのは、店から来た四八郎だった。

「違うとは言わせません」

次郎が四八郎に向けた目は、憎悪に満ちている。

「わたしは、いつも兄さんの背中を見ていた。菓子をもらう時でさえ、横に並ぶことを許してくれなかったじゃないですか。食事の時もそうだ。わたしの膳は、兄さんより後ろに置かれていた」

「当然だ。この家の跡継ぎは、清太郎だったのだから。でもね……」

「どうして同じ家に生まれながら、差をつけられなければならないのです。わたしだっておとっつぁんの息子なのに、おとっつぁんは、わたしの話なんて聞いてくれなかったじゃないか」

「お前に苦労をさせた覚えはない。それに、お前にはこうして、母がいるではないか。清太郎はね、顔には出さなかったが、お前が母に甘える姿を、どんなに羨ましく思っていたか」

「ふふ、ふふふ」

「何がおかしい」

「甘えるくらい、いいじゃありませんか。わたしの味方は、おっかさんしかいなかかったのですから。でも兄さんには、あなただけでなく、店の者たちがいた。そしてお百合までも、わたしではなく兄さんを選んだ。寂しいことなんて、あるはずがない。兄さんは、わたしから多くのものを奪っておきながら、おっかさんに甘えてばかりでだめな奴だとか、世の中のことをまったくわかっていないだとかさんざん馬鹿にしていたんだ。おとっつぁんはわたしに興味がないから、知らなかったでしょう」

「そ、そんなこと……」

四八郎は、へたり込んだ。

慎吾は、違うとはっきり言わぬ四八郎を睨んだ。そして、次郎に顔を向ける。

「兄に嫉妬して、憎んでいたのか」

次郎は目を伏せ気味にして、そうだと答えた。

「殺したいほどに……」

「次郎！」

四八郎が慌てて尻を浮かせた。

「旦那、違います。次郎はいくら恨んでいても、血を分けた兄を殺められる子じゃありません」

慎吾は四八郎とおたみを交互に見て、厳しい顔で言う。

「もう悪あがきはやめろ。今朝、お前たちが大金を渡した二人組を捕らえた。庄司という男から話を聞いて来たのだ」

「そ、そんな……」

絶句する四八郎の横で、おたみは身体から力が抜け、両手を廊下についた。

慎吾は次郎に問う。

「次郎、庄司はお前が下手人だと言うが、仙治は違うと言い張っている。嘘をついているのはどっちなんだ」

「わたしは、自訴すると言ったんです。でも、伯父が止めました」

「次郎！」

「もういいよおっかさん！　もうばれているんだから」

次郎は辛そうに言い、慎吾に目を向けた。

「わたしが、兄を殺しました」

「どこで、どうやって殺した」

「箱根に行く前に兄さんと釣りがしたいと言って、大川の夜釣りに誘いました。魚が釣れて気を取られている時に、後ろから……」

「もうやめて！」

おたみが耳を塞いで叫んだ。

異母兄弟という、同じ境遇の慎吾は、次郎に問う。

「血を分けた兄を、どうして殺した」

「………」

黙り込む次郎に、慎吾は言う。

「箱根に行きたくないのが理由か」

「それもあります」

「どういうことだ」

「お百合を、兄に渡したくなかった。兄さえいなくなれば、この店も、お百合も自分のものにできると思ったのです。でも、大きな間違いでした。大川で兄が見つかった時のお百合を見て、わたしは、好いた人の一番の幸せを奪ってしまったことを知ったんです」

「それで、自訴しようとしたのか」

次郎は張り詰めていた何かが切れたように、突っ伏して嗚咽した。

慎吾は、次郎の肩に手を置いた。

「どうして、仙治の言いなりになった」

「兄弟殺しは罪が重いから、お前が出ていけば、おっかさんとおとっつぁんは縁坐で罰を受け、家はなくなると言われました。それでも自訴すると言ったのですが、家から出してくれなかったのです」

「そのうちに、あきらめたのか」

次郎は突っ伏したまま首を縦に振った。

「部屋に閉じ込められているうちに、捕まるのが怖くなったのです」

「仙治の野郎……」

慎吾は怒りを吐き捨て、大きな息をつく。

「お前がしたことは、許されることではない。奉行所で、今おれに言ったことを話して、罰を受けろ」

「はい」

「それじゃ、行こうか」

次郎は神妙に従おうとした。だが、おたみが食い下がった。

「旦那、お願いします。この子は死罪になりましょうから、自訴をしようとしたことに免じて、行く前に、好物の食事をさせてやってください」

泣いて手を合わせる母心に、慎吾は唇を引き結び、目を閉じてうなずいた。

「四半刻（約三十分）だけ待つ。食べさせてやれ」

おたみは次郎に言う。

「すぐ支度するから、食べておくれ」

次郎は穏やかな顔でうなずき、部屋に入って正座した。

慎吾は廊下に正座し、次郎を見守る。

膳を運んできたおたみが、四八郎を促して次郎の前に座り、食べるよう促す。

箸を取った次郎は、真っ先に鯛の天ぷらを取り、塩を付けて食べた。

「美味《おい》しいかい」

おたみは、涙を流しながら言う。

次郎は微笑み、旨《うま》いと言って食べ、二つ目を食べようとした時、目を見開き、箸を落として苦しみはじめた。

「次郎！」

四八郎が驚き、次郎に近寄ろうとしたが、

「触らないで！」

おたみが叫び、喉をかきむしる次郎に抱きついた。

「許して、許してちょうだい」

泣き叫ぶおたみ。

慎吾は、動じずに見ている。

助けようと駆け上がった作彦を、慎吾は腕をつかんで止めた。

「もう遅い。どうせ打ち首だ、このまま逝かせてやれ」

「旦那様……」

次郎の最期《さいご》を見とった慎吾は目を見張って立ち上がり、毒の鯛を食べようとした
おたみの手をつかんで止めた。

「放して、次郎と死なせてください」

「だめだ！　兄を殺めた次郎とは違い、お前は、何一つ罪のない他人の娘を殺めた。

自害をさせるわけにはいかぬ。仙治がすべて吐露している。観念しろ」

おたみは絶望に満ちた顔をして、息絶えた我が子にしがみついた。

四

「馬鹿者！」

詰め所に雷《かみなり》が落ちた。

慎吾は背中を丸めて、小さくなっている。

忠之は仁王のような顔で言う。

「下手人を目の前にして母親に殺させるとは、前代未聞の大失態だ。このようなことが世間に知られれば、笑い物だぞ！」

「申しわけありません！」

平伏し、額を詰め所の床に打ち付ける慎吾を見おろした忠之は、田所を睨み、続いて、筆頭与力を睨む。

「松島、このことが世間に知られては奉行所の恥じゃ。わかっておろうな」

松島は頭を下げた。

「すでに、西原屋の奉公人どもには、口止めをしておりまする。また、三徳屋の者には、次郎は獄中で急死したと伝えました」

冷静な松島に、忠之は落ち着きを取り戻してうなずく。そして、頭を下げたままの慎吾を見る。

「夏木慎吾、そのほうには蟄居《ちっきょ》を申しつける。わしが許すまで、組屋敷から出てはならぬ」

「はは！」

忠之は、吟味方与力が待つ自分の部屋に戻っていった。

松島が慎吾を見て、困った奴だ、と言わんばかりの顔でため息を吐いて忠之に続く。

顔を上げた慎吾は、田所にも頭を下げた。

「申しわけございません」

「まあ、こうなっては仕方ない。許しが出るまで、大人しくしていろ。決して、遊びになど出てはならぬぞ」

「はい。では、それがしはこれにて」

慎吾は立ち上がり、田所に見送られて詰め所を出た。

門の前で待っていた作彦が駆け寄った。

「御奉行様の声が、ここまで聞こえてきました」

慎吾は苦笑いをした。

「大雷が落ちた。蟄居を命じられたよ」

「そんな、旦那様は、事件を解決したのに」

「次郎を目の前で死なせてしまったのだから、仕方ない。帰るぞ」

慎吾は、気の毒そうな顔で頭を下げた門番にうなずいて応じ、組屋敷に帰った。

下女のおふさは、謹慎を食らったことに驚いたものの、

「ずっと忙しくされていたから、ゆっくりお休みになってください」

我が子を気遣うように言い、家の仕事に戻った。

作彦に休めと言って下がらせた慎吾は、自分の部屋で寝転がり、天井を見つめた。

ともあれ、事件は落着したのだ。裁きは御奉行がしてくれる。

おたみはおそらく、死罪は逃れられぬだろう。四八郎は闕所の上、島流しといっ

たところか。

南町の坂町をこの手で捕らえられないのが悔しいところだが、御奉行は、どう収められるか。

あれこれ考えたものの、蟄居の身で何ができるわけもなく、座して結果を待つことにした。

考えるのをやめた途端に眠くなり、あくびをして横を向いた。

なんの音沙汰もなく、三日が過ぎた。

家から一歩も出られないことに早くも暇を持て余していた慎吾は、朝から薪《まき》割りをしたり、掃除をしたりしておふさを手伝い、昼からは読み物をした。

雨は降らなかったが蒸し暑く、日影の縁側で寝転がって読んでいるうちに眠くなり、書物を腹に置いて昼寝をした。

どれほど眠っただろうか、風鈴の音で目をさました慎吾は、紙をめくる音に顔を右に向けた途端にぎょっとして、飛び起きた。

「御奉行」

横であぐらをかいていた忠之が、書物を渡して微笑む。

「滑稽《こっけい》な本だな」

同心心得を読めばいいものを、『東海道中《とうかいどうちゅう》 膝栗毛《ひざくりげ》』を読んでいた慎吾は、恐縮した。

「いつから、おいでに」

「来たばかりだ。暇を持て余しておろうと思い、これを持って来てやった」

小難しそうな儒学の冊子を渡されて、慎吾はありがたく受け取る。そして居住まいを正し、訊いた。

「御奉行、お裁きが終わったのですか」

「慎吾」

「はい」

「ここでは父と呼んでくれ」

「はは」

「まずは、仏壇に参らせてくれ」

「どうぞ」

慎吾は立ち上がり、忠之を仏間に促した。

ふと、縁側に目を向けてみれば、顔を隠してきたのだろう、編笠《あみがさ》が置かれている。

忠之は紋付き袴ではなく、無紋の単衣《ひとえ》を着流している。

お忍びでここを訪ねるのは、いつぶりだろうか。

そう思いながら仏間に入った慎吾に、手を合わせ終えた忠之が膝を転じる。

「久しぶりに、いっぱいやろう」

そう言って見上げる忠之の顔に怒りはなく、穏やかな面持ちだ。

恐縮した慎吾は、酒肴《しゅこう》の支度をさせると言って台所に行こうとすると、おふさが来た。

「旦那様、御奉行様に立派な鱸《すずき》をいただきましたよ」

すでにさばいていたおふさは、刺身と酒を持って来てくれた。

「おお、旨そうだな」

慎吾の部屋に置かれた膳を見て、忠之が嬉しそうに言う。

「慎吾、座れ。おふさ、お前たちも食べてくれよ」

おふさは笑顔で応じて、台所に下がった。

盃を差し出された慎吾は、

「まずはおぶ、いえ、父上からどうぞ」

盃を押し返し、酌をした。

飲み干した忠之が、臓腑に染み渡る面持ちで旨いと言い、盃を取らせた。

注がれた酒を慎吾は飲み、忠之と親子水入らずで鱸の刺身を食べた。

落ち着いたところで、忠之が慎吾の顔をじっと見てきた。

箸を置いた慎吾が居住まいを正すと、忠之は言う。

「慎吾」

「はい」

「お前、おたみが毒を持っていたことを知っていただろう」

「いえ……」

「わしを見くびるでない。お前の考えそうなことは、お見通しだ」

「…………」

「次郎は醜い性根で兄を殺めた。自訴しても、死罪からは逃れられぬ。おたみから真実を明かされた仙治は、縁坐のことを言って次郎を説得したそうだ。おたみはその時、仙治から獄中の暮らしがどのようなものか聞かされ、万が一、慈悲で死をまぬかれたとしても、次郎は獄中で苦しんで死ぬだろうと思った。いっそのこと罪を隠し通し、お上にばれた時は殺すつもりで、仙治に毒を頼んで持っていたと白状した」

「………」

「慎吾」

「はい」

「お前はそのことを、仙治から聞いて知っていたのではないか。兄を殺したことを悔やみ、自訴しようとした次郎に慈悲をかけて、おたみが毒を盛ると知っていて黙っていたのか」

忠之の目を誤魔化すのは無理だ。

慎吾は観念し、父の顔を見た。

「その……」

「まあよい」

そのとおりだと言おうとした慎吾の口を止めた忠之は、徳利を向けた。

「飲め」

「父上……」

「その顔を見れば、言わずともわかる」

徳利を向けられた慎吾は、神妙に酌を受けて口に運んだ。酌を返し、忠之が飲むのを待って訊く。

「おたみは、どうなりますか」

「次郎を守るために、罪のない下女を殺めたことに酌量の余地はない。死罪を言い渡した。家族の罪を隠した四八郎と仙治はおたみと同罪に処し、御老中の裁可が下り次第刑を執行する」

「南町奉行所与力の坂町と、庄司はどうなりましたか」

忠之は渋い顔をして、盃を置いた。

「まず庄司は、奉行所とは縁のない者だった。坂町が使っていた男で、仙治と組んで賭場を開く傍ら、汚れ仕事をしていたようだ。お前を襲った金森道場のあるじは、庄司のいかさま賭博に嵌められて多額の借財を抱えさせられ、言いなりになっていたようだ。坂町は、此度《こたび》のことには関わっていなかった。あの者は、庄司に名を使われただけだったようだが、おたみの一件で、これまでも幾度か小石川養生所から毒を持ち出したことが発覚し、切腹と決まった」

「では、庄司も死罪ですか」

「あの者は、他にも罪を重ねておったゆえ、もっとも重い罰を科した。そのうち、首が晒《さら》されよう」

慎吾は頭を下げた。

「勝手なことをして、申しわけございませぬ」

忠之は微笑み、顔を上げさせた。

「三徳屋のお百合と、実父のことは聞いたか」

「いえ、その後のことは何も」

「だろうと思い、田所に調べさせた。お百合の実父は、死病ではなかったそうだ」

「華山が、そう言ったのですか」

「うむ。あの女医は優れた者であるな。実父が大坂の医者から告げられていたことは間違いで、薬を続ければ治るそうだ」

慎吾は、辛そうだった平作の顔を思い出し、安堵した。

「此度のことでは、それだけが救いです」

「まだあるぞ。お百合は、実父が動けるようになれば、大坂に行くことが決まった」

慎吾は驚いた。

「庄兵衛は許したのですか。真実を話したのですか」

忠之はうなずく。

「お百合が望んだことだ。病の実父を放ってはおけないと言ったそうだが、本音は、三徳屋が実の親でないことを知り、居づらいのであろう」

「大坂で、病の親を抱えて暮らしてゆけるでしょうか」

「実父は小店をやっていたそうだ。江戸に来る前に閉めたそうだが、お百合と再開するらしい。三徳屋には居づらかろうし、江戸にいては清太郎を思い出して辛いだろうから、そのほうがよかろう」

「清太郎の分も幸せになってくれることを祈ります」

忠之はうなずき、酒をすすめて言う。

「今日で蟄居を解く。明日からまた励め」

「はい」

笑顔で酌を受けた慎吾は、一息に飲んだ。

「旨い」

忠之は微笑み、盃を差し出した。

慎吾は酌をして、もう一つ、こころに引っかかっていたことを口にした。

「父上、お嬢様に縁談があると聞きましたが、お受けになるのですか」

盃を止めた忠之は、慎吾を見た。

「誰から聞いた」

「忠義様です」

忠之は微笑んだ。

「気になるか」

「一応、兄ですから」

「話をしたら、きっぱりと断りおった。静香だけなら押し進めることもできるが、久代まで反対しおったのでどうにもならぬ」

まだまだ先になりそうだと忠之は、高笑いをして酒を飲み、盃を差し出す。

「慎吾」
「はい」
「今日は、とことん飲むぞ」

小学館文庫
好評既刊

春風同心十手日記〈一〉

佐々木裕一

ISBN978-4-09-406843-6

定町廻り同心の夏木慎吾が殺しのあったという深川の長屋に出張ってみると、包丁で心臓を刺されたままの竹三が土間で冷たくなっていた。近くに女物の匂い袋が落ちていたところを見ると、一月前に家を出ていった女房おくにの仕業らしい。竹三は酒癖が悪く、毎晩飲んでは、暴力をふるっていたらしいのだ。岡っ引きの五郎蔵や女医の華山らに助けを借りて探索をはじめた慎吾だったが、すぐに手詰まってしまい……。頭を抱えて帰宅した慎吾の前に、なんと北町奉行の榊原忠之が現れた!?　しかも、娘の静香まで連れているのは、一体なぜ？　王道の捕物帳、シリーズ第１弾！

小学館文庫
好評既刊

勘定侍 柳生真剣勝負〈一〉
召喚

上田秀人

ISBN978-4-09-406743-9

大坂一と言われる唐物問屋淡海《おうみ》屋の孫・一夜は、突然現れた柳生家の者に御家を救えと、無理やり召し出された。ことは、惣目付《そうめつけ》の柳生宗矩《むねのり》が老中・堀田加賀守《かがのかみ》より伝えられた、四千石の加増にはじまる。本禄と合わせて一万石、晴れて大名となった柳生家。が、大名を監察する惣目付が大名になっては都合が悪い。案の定、宗矩は役目を解かれ、監察される側に立たされてしまう。惣目付時代に買った恨みから、難癖をつけられぬよう宗矩が考えた秘策が一夜だったのだ。しかしなぜ召し出すのが商人なのか？　廻国中の柳生十兵衛も呼び戻されて。風雲急を告げる第１弾！

小学館文庫
好評既刊

死ぬがよく候〈一〉 月

坂岡 真

ISBN978-4-09-406644-9

さる由縁《ゆえん》で旅に出た伊坂八郎兵衛は、京の都で命尽きかけていた。「南町の虎」と恐れられた元隠密廻り同心も、さすがに空腹と風雪には耐え切れず、ついに破《や》れ寺《でら》を頼り、草鞋《わらじ》を脱いだ。冷えた粗菜にありついたまではよかったが、胡散臭《うさんくさ》い住職に恩を着せられ、盗まれた本尊を奪い返さねばならぬ羽目に。自棄《やけ》になって島原の廓《くるわ》に繰り出すと、なんと江戸で別れた許嫁《いいなずけ》と瓜二つの、葛葉《くずのは》なる端女郎《はしじょろう》が。一夜の情を交わした翌朝、盗人どもを両断すべく、一条戻橋《いちじょうもどりばし》へ向かった八郎兵衛を待ち受けていたのは……。立身《たつみ》流の秘剣・豪撃《こわうち》が悪党を乱れ斬る、剣豪放浪記第一弾！

小学館文庫
好評既刊

突きの鬼一

鈴木英治

ISBN978-4-09-406544-2

美濃北山三万石の主百目鬼一郎太の楽しみは月に一度の賭場通いだ。秘密の抜け穴を通り、城下外れの賭場に現れた一郎太が、あろうことか、命を狙われた。頭格は大垣半象、二天一流の遣い手で、国家老・黒岩監物の配下だ。突きの鬼一と異名をとる一郎太は二十人以上を斬り捨てて虎口を脱する。だが、襲撃者の中に城代家老・伊吹勘助の倅で、一郎太が打ち出した年貢半減令に賛同していた進兵衛がいた。俺の策は家臣を苦しめていたのか。忸怩たる思いの一郎太は藩主の座を降りることを即刻決意、実母桜香院が偏愛する弟・重二郎に後事を託して単身、江戸に向かう。

小学館文庫
好評既刊

浄瑠璃長屋春秋記
照り柿

藤原緋沙子

ISBN978-4-09-406744-6

三年前に失踪した妻・志野を探すため、弟の万之助に家督を譲り、陸奥国平山藩から江戸へ出てきた青柳新八郎。今では浪人となって、独りで住む裏店に『よろず相談承り』の看板をさげ、見過ぎ世過ぎをしている。今日も米櫃《こめびつ》の底に残るわずかな米を見て、溜め息を吐いていると、ガマの油売り・八雲多聞がやって来た。地回りに難癖をつけられていたところを救ってもらった縁で、評判の巫女占い師・おれんの用心棒仕事を紹介するという。なんでも、占いに欠かせぬ亀を盗まれたうえ、脅しの文まで投げ入れられたらしい。悲喜こもごもの人間模様が織りなす、珠玉の第一弾。

――本書のプロフィール――

本書は、二〇一一年十一月徳間文庫から刊行された『春風同心家族日記　初恋の花』を改題、改稿したものです。

小学館文庫

春風同心十手日記《はるかぜどうしんじってにっき》〈二〉
黒《くろ》い染《し》み

著者　佐々木裕一《ささきゆういち》

二〇二一年一月九日　初版第一刷発行

発行人　飯田昌宏
発行所　株式会社 小学館
〒一〇一-八〇〇一
東京都千代田区一ツ橋二-三-一
電話　編集〇三-三二三〇-五九五九
販売〇三-五二八一-三五五五
印刷所 ——— 中央精版印刷株式会社

この文庫の詳しい内容はインターネットで24時間ご覧になれます。
小学館公式ホームページ　https://www.shogakukan.co.jp

ISBN978-4-09-406867-2